DARK
MOON

WITH **ENHYPEN**

DARK
MOON

WITH **ENHYPEN**

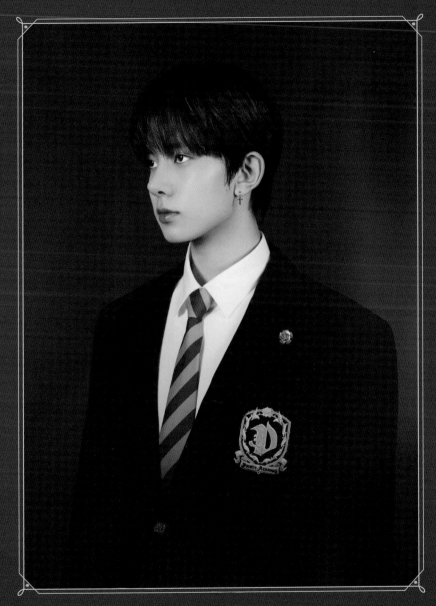

DARK
MOON

with ENHYPEN

DARK
MOON
달 의 제 단

WITH **ENHYPEN**

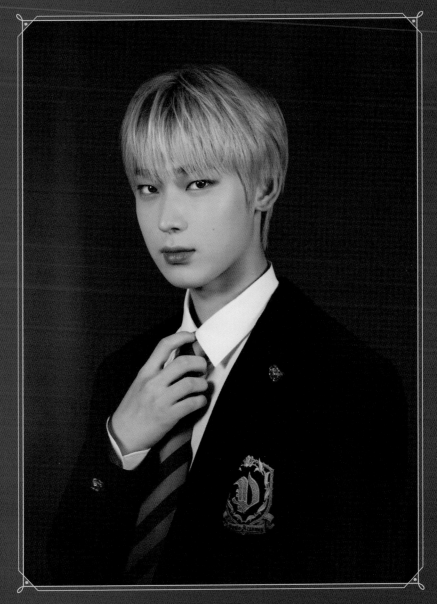

DARK
MOON
달의제단

WITH ENHYPEN

DARK
MOON
달의 제단

WITH ENHYPEN

/

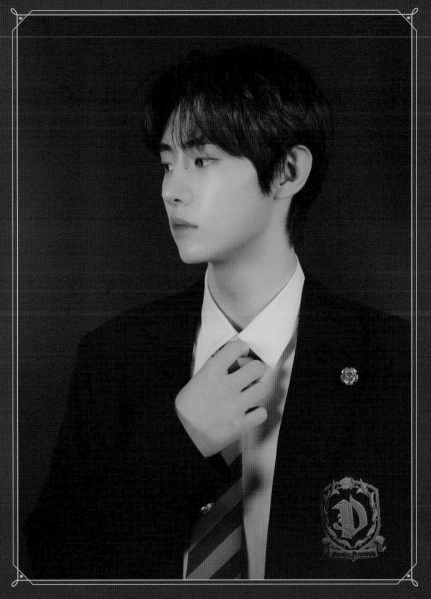

DARK
MOON
달의 제단

WITH **ENHYPEN**

DARK
MOON

WITH ENHYPEN

DARK MOON 달의 제단

WITH **ENHYPEN**

기획/제작
HYBE

공동기획

WEB
TOON

DARK

달 의 제 단

MOON

WITH **ENHYPEN**

2
WEBNOVEL

학산문화사

차 례

제 12 화

보름달
part 3

"너는……."

비명소리에 벌떡 일어나 달려가려던 솔론이 급하게 멈추고 돌아보는 바람에 그의 푸른 머리카락이 잠시 시야를 가렸다.

안 그래도 같이 일어났던 수하가 주춤거렸다.

쟤를 두고 가자니 혼자가 될 것이고, 같이 데려가자니…….

"아……. 너 그냥 같이 가자."

미간을 좁힌 솔론이 손짓을 했다.

"경찰 불러?"

"무슨 일인지 확인하고. 그리고 불러도 경찰이 아니라 이안 형이 우선이야."

하필 드셀리스 아카데미 나이트볼 연습장 근처에서 들리는 비명이라니. 수하는 오싹 소름이 돋은 채로 솔론의 뒤를 따라

갔다. 그녀는 어느 방향에서 비명소리가 들렸는지 어렴풋이 짐작만 하는데, 솔론은 아주 정확하게 방향을 짚어 달려갔다.

'이안이라고 했지.'

수하는 휴대폰을 꼭 쥐고 이안이라고 몇 번이고 다시 중얼거렸다. 빽빽하게 올라간 가로수 사이에서 스산한 바람이 불어왔다. 솔론과 수하가 들이닥쳤을 때는 이미 한바탕 난리가 난 후였다.

"아악!"

비명의 주체가 어느 쪽인지 확인한 솔론의 얼굴이 무참히 구겨졌다. 그의 노란 눈이 어두운 밤중에도 섬뜩하게 번뜩거렸다. 다른 푸른 눈은 그림자에 잠겨 보이지 않았다.

수하는 바닥에 쓰러진 여자와 서 있는 남자 두 명에게 달려드는 잿빛 머리 소년을 발견했다.

"칸······?"

"아, 진짜!"

솔론이 짜증을 내며 칸에게로 달려갔다.

싸우려는 건가? 아니, 그럴 리가. 수하는 어쩐지 놀라기보단 강한 확신이 들어 그 상황에서 그녀가 할 수 있는 일부터 먼저 했다.

"괜찮으세요? 저기요!"

이미 여자는 기절해서 쓰러져 있었다. 설마 물린 건가? 하지만 목덜미에는 이빨 자국도 없고, 몸은 아직까지 따뜻했다.

수하가 좀 더 몸을 숙여 그녀의 호흡을 확인하는 사이, 솔론은 마음에도 없는 짓을 해야만 했다. 칸과 함께 애먼 리버필드 시민을 해치려고 했던 하급 뱀파이어 둘을 공격하는 짓 말이다.

'어쩌지?'

솔론은 초조하게 생각했다. 어떻게든 스스로의 힘을 억누르면서 상대방을 제압하기란 쉽지 않다. 하지만 그는 곧 죽어도 제 능력을 내보이긴 싫었다.

저 칸이라는 놈 앞에서 자신의 능력을 드러내선 안 된다. 이걸 능력이라고 부르기도 싫지만.

빠른 속도, 강력한 힘, 그리고 여태까지 연마해왔던 탄탄한 기본기, 이 세 개만으로 어떻게든 커버가 가능하겠지만 여기에서 만일 지노의 발화능력이라든가, 헬리의 읽어내고 조종하는 특별한 능력이 필요한 순간이 온다면 끝이다.

'그건 안 돼.'

무조건 버티자.

"수하 너는 나서지 마!"

솔론은 빠르게 생각을 끝낸 뒤, 아직 보호해야 할 사람에 속하는 수하에게 외치며 하급 뱀파이어를 걷어찼다.

"딱히 나설 틈도 안 주면서……."

주먹을 쥐고 여차하면 끼어들 틈만 엿보다 실패한 수하가 시무룩하게 중얼거렸다.

솔론과 칸이 싸우는 게 얼마나 대단한지, 하급 뱀파이어들이 맥을 못 췄다. 여자는 놀라서 기절한 모양이라, 그녀를 잘 챙긴 수하는 쪼그려 앉아 칸과 솔론이 하급 뱀파이어들을 제압하는 모습을 그냥 구경만 해야 했다. 에이, 김샜다.

'여태까지 노력한 걸 실전에서 써먹을 수 있는 좋은 기회인데!'

하지만 동시에 저 두 사람이 얼마나 어마어마한 능력치를 가지고 있는지 확인한지라 그녀도 몰랐던 존재감과 위압감이 느껴졌다.

"윽!"

쾅, 하며 부딪치는 소리가 어마어마하다. 칸과 솔론은 딱히 합이 맞지는 않았지만, 서로를 견제하면서도 어쨌든 공통된 목표는 확실하게 해결했다.

아니, 솔론이 일방적으로 칸을 무시하고, 칸은 경계하면서도 상당히 흥미로워하는 눈치였지만 하급 뱀파이어들을 제압하기엔 부족함이 없었다. 뱀파이어들도 그걸 알았는지 곧장 내빼려고 했다.

"어……?"

쟤네 도망치는데?

수하가 벌떡 일어나는 순간이었다.

"눈 돌려."

차갑게 말한 칸이 모처럼 솔론과 의견이 일치했다.

수하는 이 광경을 되도록 보면 안 된다. 도망치려고 필사적인 놈들을 막는 데 한계가 있었다. 제압을 하면 좋겠지만, 그게 안 된다면 죽여야 했다.

펑, 하고 매캐한 연기가 가득 퍼졌다.

"별 같잖은 짓을……!"

당장 후각이 다른 사람보다 훨씬 예민한 솔론과 칸이 심하게 기침을 하기 시작했다.

눈이 몹시 맵다. 순식간에 수도꼭지 열리듯 쏟아지기 시작한 눈물에 시야 확보조차 어려웠다. 하급 뱀파이어들이 이젠 연막탄까지 가지고 다니나.

솔론은 기가 막혀서 눈에 보이는 뭐라도 붙잡으려는데, 팔 아래로 쏜살같이 튀어 나가는 작은 체구의 그림자가 보였다. 질끈 동여맨 긴 머리카락이 춤을 춘다.

"수하, 너……!"

위험하니 가만히 있으라니까!

헬리가 부재한 이상, 수하와 함께 있을 때는 그녀를 최대한 안전하게 지키는 게 솔론이 해야 할 일이었다. 어쨌든 보호자를 자처한 사람이 돌아올 때까지는 수하와 같이 있던 사람 책임이다, 이 말이다. 무엇보다 수하는 아직까지는 실전경험이 부족했다.

쾅!

하지만 수하가 마음먹고 움직였을 때, 칸이나 솔론이 공격할 때마다 나는 동일한 굉음이 들리면서 생각보다 솔론에게 바짝 붙어 있던 하급 뱀파이어 하나가 저 멀리 날아가 처박혔다.

'연막을 터트리고 바로 도망가는 게 아니라 나라도 치고 가려고 했구나.'

안 그래도 계속해서 경계를 하고 있던 솔론은 미간을 찡그렸다.

"괜찮, 콜록, 아?"

입을 열자마자 수하도 기침을 마구 하기 시작했다.

"괜찮아."

솔론은 무뚝뚝하게 말하며 흐르는 눈물을 거칠게 닦아냈다.

"네가 도와주지 않았어도 됐어."

그러곤 수하가 걷어찬 놈을 잡으러 달려가기 시작했다. 어떻게든 연기가 퍼진 범위를 피해 빠져나간 뒤, 사람을 해치려고 한 뱀파이어를 잡으려는 집념이 솔론의 핏발 선 눈에 가득했다.

"……괜찮아?"

수하는 이번엔 고개를 돌려 칸에게 물었다. 그도 똑같이 눈물을 줄줄 흘리며 기침을 해대고 있었다. 고개를 끄덕이는 걸 보니 괜찮단다. 그럼 됐다.

칸의 시선이 솔론이 뛰어간 쪽을 향하다 다시 쓰러진 여자에게로 향했다.

"기절한……, 콜록, 콜록, ……그런 거 같, 아."

수하가 힘겨워하며 말했다. 쏴아, 하고 시원한 바람이 불자 맵고 독한 연기도 한층 나아졌다. 칸은 눈물을 닦아내며 다가와 쓰러진 여자를 확인했다.

"저렇게 쫓아가봤자 놓칠 텐데."

이미 확신에 찬 말투에 수하는 칸이 보던 방향을 다시 보았다. 그래서 안 쫓아간 건가?

"······내가 너무 세게 찼나?"

"엄청난 부상을 입긴 했지만 도망갈 힘은 남았을 거야, 아마."

실수한 건가. 수하의 어깨가 축 처졌다.

"미안."

"뭐가?"

칸이 고개를 들었다. 수하는 눈물을 슥슥 닦으면서 힘이 쭉 빠진 채 말했다.

"잡을 수 있었는데 내가 끼어들어서 망쳤어."

"네가 망친 거 아니야. 이런 거까지 터트리면서 도망치겠다는 놈들을 생포하느니 당한 사람을 챙기는 게 낫지."

아니나 다를까, 칸이 쓰러진 여자를 확인하고 어디론가 전화를 거는 사이 솔론이 터덜터덜 돌아왔다. 못 잡은 게 분명했다.

"흔적도 없이 사라졌어."

그는 그게 못내 화가 나는 듯 잔뜩 이마를 찌푸렸다.

"미안."

"됐어."

칸만큼 다정하지는 않지만, 솔론은 퉁명스러운 투로 수하의 곁을 휙 지나가면서 남아 있는 연막 여파에 잔기침을 했다.

"네가 잘못한 거 없어."

무뚝뚝한 투가 딱 솔론다웠다.

"구급차는 불렀어."

칸이 휴대폰을 다시 집어넣으며 자리에서 일어났다.

"뭐, 적당히 쓰러진 사람을 발견한 걸로 하면 되겠네. 그런데 너희는 어쩌다 곧바로 나타난 거지?"

칸의 질문에 솔론은 팔짱을 꼈다. 저건 또 무슨 개소리냐는 표정이다.

"그건 내가 물어봐야 할 질문인데. 너야말로 우리 나이트볼 연습장 주변을 왜 '또' 얼쩡거리고 있었던 거야?"

"이런 일이 생길까 봐."

칸은 아주 무심하게 대답하며 솔론을 긁었다.

"그리고 내 예상이 맞았네."

칸의 밝은 갈색 눈이 꿈틀거리고 있는 솔론의 손을 힐끗 보았다.

금방이라도 튀어 나갈 것처럼 보였지만 솔론은 꾹 참았다. 먼저 화를 내면서 저 늑대 놈들에 대한 혐오감을 표출하면 지는 거다.

"그래서?"

"그냥 그렇다고. 이런 일이 또 생겨서 유감일 뿐이야."

계속 뱀파이어에 의해 리버필드 시민들이 공격받는 사건이 생기고 있고, 선샤인 시티 스쿨 나이트볼 주전들은 솔론을 비롯한 뱀파이어 소년들을 배후로 의심하고 있었다.

하급 뱀파이어들과 마주한 지금도 솔직히 의심을 완전히 거두진 않았다. 칸은 몹시 불쾌해하면서도 차분히 참는 솔론을 힐끗 보다가 문득 밤하늘로 시선을 돌렸다.

'그러고 보니 보름이 곧이네. 당분간은 순찰을 돌지 못하겠어.'

매캐한 연기가 가라앉고, 눈물과 기침도 어느새 그쳤다. 쏴아아, 하고 바람이 계속 분 탓이다.

괴롭던 코가 겨우 괜찮아졌을 무렵, 또다시 바람의 방향이 약간 바뀌었다.

칸은 솔론 쪽을 돌아보며 코를 움찔거렸다. 뱀파이어 특유의 비릿하고 싫은 체취다. 그건 익숙한데 거기에 더해…….

"너."

칸이 이상하다는 듯 솔론을 쳐다보며 입을 열었다.

"너 우리 애들이랑 언제부터 친하게 지냈냐?"

수하가 눈물을 다 그쳤나, 기침은 언제 그만하나, 하고 지켜
보고 있던 솔론은 대답할 가치도 못 느껴서 그냥 '저건 또 무
슨 개소리를 하는 거냐'는 표정만 지었다.

"냄새가 꽤 특이하네."

칸은 뱀파이어들에 대해서는 딱 늑대인간이 아는 만큼만
알았다. 그의 가족들을 몰살한 뱀파이어는 피에 미쳐 이성도
법도 도덕도 없는 존재들이었고, 따라서 지상에 발을 딛고 살
필요가 없었다. 딱 거기까지만 알았고 더 알아볼 가치도 못 느
꼈다.

그래서 칸은 왜 솔론이 그 순간, 그를 죽일 듯이 노려보는지
'정확하게는' 알지 못했다.

'모욕적인가 보지.'

마치 늑대인간들이 뱀파이어와 비슷한 취급을 받으면 분노
하듯이 저들도 그렇겠지, 하고 짐작할 뿐이다.

"……지금 나한테서 개새끼 냄새가 난다는 거야 뭐야?"

솔론이 이를 빠드득 갈며 앞으로 한 발자국 나섰다.

"체취가 좀 섞인 듯한데."

"내가 지나가다가 네놈들이 보이면 두들겨 패는 취미가 있긴 하지. 그때 섞였나 보네."

보통 칸과 헬리가 서로 뜯어말리는 늑대인간과 뱀파이어들 사이의 갈등에 저 파란 머리카락도 종종 보였던 건 칸도 기억하고 있었다.

갈등은 골이 아주 깊다. 본능적으로, 혹은 끔찍한 기억으로 인해 서로를 혐오하고 견제할 수밖에 없는 두 종족은 충돌을 반복하며 계속해서 경쟁적으로 그 골을 더욱더 깊게 파냈다. 다시는 돌이킬 수 없어도 상관없다는 듯이.

"여기서 또 한 번 섞이게 해줄까? 어?"

지금 솔론은 이성을 잃었다. 고작 이런 도발에 오드 아이가 번쩍거리며 돌아갈 지경이라면, 헬리도 저 녀석을 제어할 때마다 꽤나 애먹겠다.

칸이 그런 생각을 하며 한 걸음을 더 내딛는 솔론을 바라보고 있을 때였다.

"그만해, 그만."

솔론은 나서다가 뒤로 쭉 끌려가고 말았다. 수하가 급한 대로 그의 뒷덜미를 냅다 낚아채서 끌고 온 탓이다.

"어, 야!"

"둘 다 그만 좀 해. 여기서 또 싸울래? 또 싸우면 응급대원 왔을 때 참 볼 만하고 좋겠다, 그치?"

수하는 표정 하나 안 바꾸고 솔론을 꽉 잡아 놓은 채 따박따박 말했다. 그녀의 손을 아프지 않게 뿌리치려고 애를 써봤자 소용없었다.

'무슨 애가 이렇게 힘이 세!'

골격만 본다면 분명히 솔론이 수하를 이기고도 남았지만, 무슨 숨겨진 힘이 그를 꽉 붙잡는 건지 도무지 벗어날 수가 없었다. 알고는 있었지만, 직접 겪는 건 또 다르다. 저 힘을 버텨내느라 시퍼런 멍까지 들었던 칸은 그래서 비웃을 수가 없었다.

"하지 마."

"안 해! 안 해! 안 한다고!"

솔론이 소리쳤다.

"칸, 너도 시비 걸지 마."

"난 사실을 말한 것뿐……."

수하의 까만 눈이 힘이 잔뜩 들어간 채 칸을 쳐다보았다.

"……알았어. 미안해."

그제야 수하가 솔론을 툭 놓았다. 끌어당기던 힘이 얼마나 센지, 놓자마자 솔론은 휘청거리지 않으려고 애써야 했다.

저 멀리 사이렌 소리가 들리기 시작했다.

신고를 받고 출동한 구급대가 쓰러진 여자를 싣고 가고, 함께 온 경찰이 칸과 솔론, 그리고 수하에게 여러 질문을 했다.

비명소리를 듣고 와서 쓰러진 사람을 발견했고, 누군가 도망치는 걸 봤지만 잡지는 못했다고 대답한 그들은 한참 만에 다시 그 자리에 셋만 남을 수 있었다. 다친 것도 아니고 단순한 기절이라 곧 일어날 거라는 응급대원의 말에 수하는 조금이나마 안심할 수 있었다.

"다음에 또 보자."

칸은 의미심장하다고 해야 할지, 묵직하게 말하고 사라졌다.

"기껏 둘을 상대로 혼자 싸우고 있길래 도와주니까 고맙다는 소리도 못 들었네. 화 많이 났어?"

"아냐. 됐어."

뚝뚝하게 대답한 솔론은 수하보다 먼저 돌아서서 입과 코를 한꺼번에 틀어막았다.

'냄새가……'

개새끼 냄새가 난다고 했다. 보름이 가까워지고 있었다.

제 13 화

보름달
part 4

지노는 허공에 불을 휙 띄웠다. 밤필드 보육원 폐허에 나타난 하급 뱀파이어 둘은 자신들의 본분을 잊고 방심했다가 완전히 생포되었다. 그는 헬리가 공포에 질린 뱀파이어들의 속내를 낱낱이 읽어 내리는 광경을 물끄러미 보고 있었다.

"……도대체 이런 일을 왜 하는지 이유도 모르고, 그렇다고 일도 성실하게 안 하고……."

헬리는 한숨을 푹 쉬었다.

"그게 무슨 소리야?"

팔짱을 끼고 있던 지노가 물었다.

"누가 돈을 주고 계속 이 주변을 순찰하라고 시켰나 봐. 그런데 꽤 게으르게 했어."

공포. 후회. 혼란스러움. 다시 공포. 느껴지는 감정들이 혼탁

하기 그지없어 헬리는 이쯤에서 관뒀다. 어차피 사람의 생각을 읽어내는 건 몹시 제한적이고, 이만큼 알아낸 것만 해도 최대한 많이 알아낸 것이다.

"⋯⋯계좌 추적 못 하나?"

돈을 꼬박꼬박 송금받았다면, 그 계좌를 추적해서 누가 '밤필드 보육원이 있던 자리를 매일 돌아봐 달라'고 부탁했는지 정확하게 알 수 있을 텐데.

지노는 다른 건 몰라도 돈이란 게 꽤 중요하고, 상당히 정확하다는 건 알았다.

"그것까지는 좀 힘들 것 같은데."

헬리는 자리에서 일어났다. 시간은 촉박하고, 할 일은 많다.

"마무리하자. 해야 할 게 많아. 곧 해가 뜨겠어."

석양을 밟고 이곳에 왔던 소년들은 저마다 삽을 하나씩 꺼내 들었다. 하급 뱀파이어들의 얼굴에 새카만 죽음의 그림자가 드리웠다.

☾

칸과 불미스러운 일로 마주쳤던 다음 날, 솔론은 방에 틀어박혀 나오지 않았다.

"……너네 거기서 뭐 하냐?"

슬슬 나가볼까, 하고 외출할 준비를 하던 이안은 솔론의 방문 앞에서 옹기종기 모여 있는 동생들을 발견했다. 어디 갔나 했더니 애들이 다 여기 있다.

"무슨 일 생겼냐? 아니면 사고 쳤냐?"

안 그래도 헬리가 없는 사이라 이래저래 신경 쓸 일이 많은데, 어제 수하를 데려다주고 온 솔론이 매우 침착하지 못한 표정으로 '늑대 놈이랑 부딪쳤어'라고 한마디 툭 던지고 가버려 기절하는 줄 알았던 이안이 바짝 경계했다.

제발, 헬리가 없는 와중에, 늑대 놈들과, 그것도 '수하를 끼고' 충돌하지 말란 말이다! 수하 쟤가 뭘 안다고! 쟨 아직 민간인이나 다름없다고!

"사고는 무슨……."

저 형이 또 무슨 이상한 소리를 하는 거람. 머리를 반묶음 한 자카가 그를 힐끗 보다가 다시 읽고 있던 월간지로 눈을 돌렸다.

단정하게 카디건과 바지까지 다 찾아 입은 자카의 발치에 뒹굴거리고 있는 건 머리가 사방으로 뻗친 시온이었다. 곱슬 머리가 얼마나 뻗쳤는지 이안마저 한마디 하고 싶을 정도였지만 시온은 추리닝 차림 그대로 툭툭 휴대폰이나 두드리고 있었다.

"오늘 아무것도 안 할 거야?"

돌아오는 대답은 없다. 막내 노아는 아예 쿠션을 안고 티브이만 쳐다보고 있었다.

이안은 굳게 닫힌 솔론의 방문을 힐끗 보다가 조금 더 목소리를 낮췄다.

"그냥 두면 알아서 나온다니까."

"그게 며칠이 걸릴지 어떻게 알아?"

이런 일 한두 번 겪나. 시온은 여전히 휴대폰만 바라보며 중얼거렸다. 다 같이 밖에서 내내 기다리고 있다고 시위하듯이 버티고 있어야 솔론 성격에 마지못해 동생들에게라도 문을 열어줄 거다.

"하긴 일주일씩 틀어박혀 있던 적도 있지."

결국 헬리와 이안이 작당을 하고 강제로 문을 연 뒤 솔론을 끄집어내야 했던 때도 있었다.

이안은 착잡한 표정을 지었다. 친구이자 가족인 형제들이다. 각자가 어떤 성격이고, 또 뭘 싫어하고 뭘 좋아하는지 다 알고 있으며, 어떤 부분은 건드리지 말아야 한다는 것도 이미 보육원에서부터 다 파악했다.

하지만 솔론이 한껏 예민해지는 시기는 모두의 걱정만 불렀다.

"적당히 보다가 데리고 나와."

고개를 끄덕이던 노아가 이안을 쳐다보았다.

"형은 어디 가는데?"

"오늘 헬리랑 지노 오는 날이잖아. 마중 나가. 너도 갈래?"

어떻게 할까? 노아는 솔론의 방문을 쳐다보다가, 오늘도 열심히 넘겨놓은 보라색 머리카락을 괜히 쓸어 넘겼다. 형들도 보고 싶고, 솔론도 걱정되고, 몸이 두 개면 좋겠다. 하나는 여기 남겨놓고 하나는 이안을 따라가면 될 텐데.

"가봐."

막내가 무슨 생각을 하는지 눈에 훤히 보였던 자카가 그를 쿡 찔렀다.

"가도 돼?"

"안 될 게 뭐가 있어. 나랑 시온이랑 있으면 되는 거지."

자카가 픽 웃었다.

"그럼 나도 갈래."

가벼운 발소리가 멀어졌다. 아마 노아가 신이 나서 옷을 갈아입으러 가는 소리겠지.

솔론은 이불을 더 꼭꼭 여몄다. 아무 소리도 들리지 않았으면 좋겠고, 아무것도 보이지 않았으면 좋겠다. 부끄럽고 싫었다. 그냥 다 싫었다. 특히 싫은 건 보름 전후로 불안정해지는 자신의 몸이었다.

'꼭 늑대 새끼같이……'

싫다. 생각조차 싫고 한심해서 솔론은 눈을 꽉 감았다.

늑대인간들처럼 타의에 의해 몸이 변하거나 하는 건 아니지만 감각이 더 예민해지고, 뱀파이어에겐 상대적으로 둔해야 할 후각이 발달한다. 알고 싶지 않은 냄새들이 코를 찌르고 들어오고, 귀까지 예민해져서 듣지 않아도 될 소리까지 다 잡아내는 게 싫었다.

'그럼 밖에는 자카랑 시온이 계속 있는 거구나.'

모두가 솔론을 걱정하고 있다. 특히 그가 무슨 사정을 가지고 있는지 가장 잘 아는 헬리가 그랬다.

괜찮다고, 수도 없이 괜찮다는 말을 들었지만, 그들은 괜찮을지 몰라도 솔론이 괜찮지 않았다. 자기 자신을 용납할 수가 없었다. 형제들이 보여주는 따뜻한 애정이 크면 클수록 더더욱 괜찮지 않았다.

'어쩌면…….'

비명소리가 난무하던 밤필드 보육원에서부터 시작된 게 아닐까. 솔론이 어떤 모습을 보여도 당황하지 않고 웃어주고, 그대로 받아들이던 선생님들이 어쩌면, 그러니까 어쩌면 말이다.

솔론은 괴로워서 얼굴을 파묻었다. 도저히 얼굴을 똑바로 들 자신이 없었다.

'어쩌면 나 때문에 다 죽었는지도 몰라…….'

그래서 습격당한 건 아닐까.

마음속에 남은 한 줄기 의혹을 누구에게도 말하지 못했고, 심지어 헬리에게도 들키지 않았는데 만약에 형제들이 알게 된다면 그를 얼마나 경멸할까.

솔론은 환한 빛을 볼 수가 없어서 자꾸만 새카만 어둠 속으로 몸을 숨기기로 했다.

🌙

아무도 찾지 않는 옛 밤필드 보육원 자리에는 흉흉한 소문만 가득했다.

하도 낡아서 잘못 들어갔다간 무너지고 부서져 큰일 난다는 사실은 차치하고라도, 아이들이 거기에서 놀다가 곰에게 잡아 먹혔다느니, 노숙자가 거기에서 유령에게 홀려 죽었다느니 하는 괴담까지 있었다.

어쨌든 조금만 더 들어가면 백골이 굴러다니는 끔찍한 곳에는 그 누구도 얼씬거리지 않았다. 딱 봐도 심상치 않은 일이 있었다는 걸 알 수 있는 곳이라, 분위기까지 괜히 으스스하고 스산했기 때문이다.

그래서 그곳에 새로 만든 무덤이 생겼다는 건 한참이나 후에 알려질 것이다.

"동네가 조용하고, 보육원은 한참 떨어져 있으니까 당분간은 알려지지 않겠어."

지노의 중얼거림에 헬리는 말없이 고개를 끄덕였다. 소년들이 삽을 가지고 어설프게 땅을 파고 묻은 무덤은 누가 봐도 의미가 분명했다.

밤필드 보육원에서 살아남은 이가 있다.

동네 사람들이 보다 못해 백골을 수습했다고 하기엔 여태까지 그냥 손을 놓고 내버려뒀던 기간이 지나치게 길었다.

그들이 새삼스럽게 왜 시신을 수습하여 무덤을 어설프게라도 만들겠나. 그럴 이유가 없었다.

더구나 그 근처를 계속 불성실하지만 순찰을 해왔던 하급 뱀파이어 둘도 사라졌다.

적어도 이 신호를 제대로 알아차릴 사람이 하나 있긴 하겠다. 하나인지, 둘인지, 어떤 단체인지는 몰라도 순찰을 하라고 돈을 보낸 주체는 알아차리겠지.

우리가 살아남았다.

헬리와 지노가 일종의 메시지를 보낸 셈이다. 지노는 괜히 몸을 들썩거렸다.

"괜찮을까?"

헬리는 지노를 돌아보았다. 지노는 양손을 턱 앞에서 얽어 고민하고 있었다. 붉은 머리카락이 쏟아져 얼굴이 보이지 않는다.

"이런 걸 해본 건 처음이란 말이야."

늘 도망치기만 해왔고, 숨죽여 살았다. 대담하게 형체도 없고 정체는 당연히 알 수 없는 적, 그들의 원수에게 모습을 드러낸 건 이번이 처음이었다.

"괜찮을까?"

어린 시절에 겪었던 일로 인해 덜컥 겁부터 나는 게 사실이다. 지노만 그런 게 아니었다.

☾

"괜찮……은 거야?"

불안한 눈을 이리저리 굴리는 동생들을 대신해 이안이 먼저 총대를 메고 물었다.

헬리는 모처럼 다시 마주한 형제들 앞에서 침착하게 말했다.

"그렇다고 해서 수습하고 오지 않을 수는 없었어."

전부 다 형제들을 지키겠다고 죽어간 선생님들인데, 그들을 다정하게 아껴줬던 가족이었는데 어떻게 그냥 두고 올 수가 있을까.

"한번 가기도 어려운 곳이니까 갔을 때 뭐라도 해놓고 와야지.”

상당히 오래 자리를 비웠다. 남들에겐 얼마 안 되는 시간일지 몰라도, 한 번도 형제들과 떨어져 본 적이 없었던 헬리에겐 무척 길게 느껴졌다.

아니, 형제들에 더해서 이젠 하나가 더 있지. 헬리는 아주 다양한 표정을 짓는 그 얼굴을 잠시 떠올렸다.

“그건 그래.”

언제나 가장 빠르고 정확하게 이성적인 판단을 내리는 자카가 이번에도 냉큼 먼저 대답했다.

“제대로 된 무덤을 만들어드려야지. 그건 우리가 당연히 해야 할 일이야.”

물론 자카라고 해서 목소리가 그리 가볍지는 못했다. 그는 괜히 머리카락이 내려온 목덜미를 문지르며 쓸쓸하게 중얼거렸다.

우리가 이만큼 컸어요, 감사합니다, 자주 올게요. 인사하고 하나하나 챙겨야 하는데 여태까지 서로 성장하고 어떻게든 형제들끼리 함께 설 힘을 기르느라 정신이 하나도 없었다. 면목 없는 일이었다.

“이제라도 할 수 있으니 다행이지. 우리가 그만큼 컸다는 뜻이니까. 게다가 눈에 띄지 않게 나와 지노가 계속 경계하면서 작업했으니, 누가 무덤을 만들었는지는 모를 거야."

원장선생님의 비밀 공간도 다시 원래대로 돌려났다. 누군가 이곳에 와서 수색을 새로 한다 해도 단서를 얻을 만한 건 없었다.

"우리가 있다, 라는 것만 알린 셈이지."

헬리는 한숨을 쉬며 중얼거렸다. 그 한숨에 소년들이 겪었던 시간이 포함되어 있었다.

"그리고 간신히 이것도 찾았고."

지노가 끼어들어 원장선생님의 비밀 공간에서 찾아낸 누렇게 바랜 종이 몇 장을 가리켰다.

밤필드 보육원 자리가 지금은 어떻게 되어 있는지, 또 그곳에서 어떤 일이 있었고 무엇을 봤는지 설명하는 동안 그 종이는 소년들이 한 명씩 돌아가면서 샅샅이 살펴 읽었다.

사실 그 기록의 대부분은 세월에 의해 안 그래도 오래전에 만들어졌던 잉크가 상당히 날아가고, 또 원장선생님의 고풍스러운 글씨체를 완벽하게 해독하여 읽기도 힘들었다.

저 기록이 만들어질 때와 지금 사이의 세월이 상당했으니 당연한 일이다.

"……난 봐도 모르겠는데."

형들이 돌아왔으니 일단 방 밖으로 나온 솔론은 한참 침묵하다가 중얼거렸다. 그는 심각한 얼굴로 기록을 노려보았다.

"저걸 숨겨야 했다면, 저게 바로 우리 보육원이 습격당한 이유일 수도 있다는 거잖아."

솔론의 목소리가 미약하게 파르르 떨렸고, 헬리는 호박색 눈을 슬쩍 굴려 그를 바라보았다. 어쩐지 안 그래도 햇빛을 보지 않아 하얘진 얼굴이 더 창백해진 것 같다.

"이유와는 무관하게 원장선생님이 숨기고 싶어 했던 진실일 수도 있고."

헬리는 왜 솔론이 자신의 말에 대답도 하지 못하고 동공이 흔들려 시선을 피하는지 알 수 없었다. 아니, 짚이는 구석이 있지만 지금은 알 수 없어야만 했다.

'……저 녀석, 혹시……?'

"근데 좀……."

그때 여전히 까치집을 한 시온이 맨손으로 종이에 손을 대며 중얼거리다가 지노에게 제지당했다.

"맨손으로 만지지 말라니까. 근데 좀, 뭐?"

"아니, 좀. 옛날 동화 같다고. 공주랑 기사 어쩌고 하는 게."

헬리는 픽 웃었다.

"네 반응이 지노보단 낫네. 쟤는 웃었어."

시온은 그 말에 지노를 쳐다보며 경악했다.

"원장선생님이 쓸데없이 농담하려고 이런 걸 쓰셨겠어? 어떻게 웃을 수가 있어? 우리 원장선생님이 쓰신 건데!"

당장 노아가 시온의 역성을 들었다.

"맞아, 우리 원장선생님이 쓰신 건데!"

어떻게 그럴 수가 있냐! 원장선생님의 특별한 보살핌을 받았던 동생들은 나란히 지노에게 비난을 퍼부었다.

"아니, 난 이런 게 나올지도 몰랐다고. 무슨……, 무슨 공주야?"

열심히 변명하는 지노의 손을 피해 장갑을 낀 손으로 다시 종이를 가져간 이안이 툭 말했다.

"무슨 공주긴. 이제야 말이 되는 거지. 난 우리가 단체로 이상한 건가, 그래서 가끔 공주가 나오는 꿈을 꾸나, 하고 아주 심각하게 고민하던 적도 있어."

서로 비슷한 꿈을 꾼다는 걸 알게 된 건 일곱만 남았던 어느 밤, 우연히 '여태까지 꾼 꿈 중에서 가장 황당한 꿈'에 대한 이야기가 나왔을 때였다.

"무슨 왕국인지는 지워져서 모르겠지만, 어쨌든 '왕국의 진정한 후계자, 공주가 다시 나타날 때까지 일곱 명의 기사들은……'. 여긴 지워졌고."

이안은 높낮이가 거의 없는 목소리로 조용히 또박또박 문장들을 읽었다.

"'……하여, 힘을 되찾은 뱀파이어 로드들이 돌아온 공주를 마땅히 기사로서 보좌하고 수호할 수 있도록……'"

또 문장이 뚝 끊겼다. 하지만 그사이에 가라앉은 침묵은 아주 무겁고 진지했다. 모두가 숨소리 하나 내지 않고 이안이 읽는 기록을 조용히 들었다.

"'……저 증오스러운 소위 **최초의 뱀파이어**를 사냥할 때까지.'"

이안은 다시 기록을 내려놓았다. 쥐죽은 듯 고요한 침묵 사이로 시온의 해맑은 목소리가 들렸다.

"우리가 기사야?"

지노는 한숨을 쉬며 얼굴을 문질렀다.

제 14 화

보름달
part 5

수하는 경찰을 보며 복잡한 생각을 지울 수가 없었다.

칸과 솔론과 함께 마주했던 그 밤 이후, 경찰은 벌써 두 번째 찾아와서 계속 뭘 더 본 건 없는지 자꾸만 물어보고 있었다.

"요즘 이런 사건이 자꾸 발생해서 그래요. 학생도 조심해서 다녀요. 이번처럼 어두울 때 다니지 말고."

"네."

경찰은 수첩을 집어넣고 심란한 표정으로 돌아섰다. 본 게 없다고 딱 잡아떼는 수하에게서 건진 게 별로 없었기 때문이 겠지.

하지만 여태까지 이상한 사람 취급을 지겹도록 받아왔던 그 녀는 이런 일에는 모른 척하는 게 가장 좋다는 걸 알고 있었다.

솔론 역시 같은 소리를 했고, 지금 그녀 근처에 떡하니 선 칸도 똑같은 말을 했으니까.

"어두울 때 다니지 말라잖아."

키가 지나치게 크고 몸이 두툼한 칸이 '저 말 들었냐?' 하고 툭 던졌다.

"너나 잘해."

뭐라는 거야, 진짜. 수하는 툭 쏘아붙인 뒤 나이트볼 규칙을 기록해둔 얄팍한 책자를 폈다. 어쨌든 친구들에게는 나이트볼을 하는 거라고 둘러댔으니, 경기규칙은 알아놔야 했다.

"……너도 참 애쓴다."

"뭐가?"

칸은 그녀의 앞에 앉으며 책자를 턱으로 가리켰다. 매사 단정한 헬리와는 달리 그는 가만 보니 장난기가 있었다. 다만, 그리 가벼운 성격은 아닌 것 같다. 리더들은 어쩔 수 없나.

"나름 재미있어."

"경기 본 적 있어?"

"……아니."

연습하는 거 구경하러 가다가 헬리를 마주했지. 그나저나 헬리는 언제 오려나.

그가 잠시 자리를 비운 이후, 그 문제의 공주님 운운하는 꿈도 꾸지 않았고 안개로 변해 어딜 돌아다니지도 않았지만 그냥 빨리 다시 보고 싶었다.

"나이트볼 주전들이랑 같이 있으면서 경기를 한 번도 본 적 없다고?"

"……너 그러고 보니 요즘 자주 보인다? 너는 연습 안 해?"

"말 돌리지 말고. 너 진짜 나이트볼에 관심 없구나?"

세상에서 가장 재미있는 스포츠인데! 칸은 신기한 사람을 보듯 수하를 바라보았다.

"관심이 없다기보단……, 관심을 가지기 전에 이런저런 일들이 너무 많이 터져서 정신이 없을 뿐이야. 관심이 없는 건 아니라고!"

리버필드 시에서 나이트볼에 관심이 없다는 건 말이 안 된다. 바꿔 말하자면, 이 도시 전체가 나이트볼에 미쳤다.

"아아."

대충 대꾸한 칸은 주변에 오고 가는 사람들이 던지는 인사에 손짓으로 화답하곤 했다. 선샤인 시티 스쿨 나이트볼 팀 주장이니 알아보는 사람들도 많다.

"너 진짜 왜 자꾸 와?"

귀신같이 수하가 있는 '사람 많고 안전한 곳'까지 와서 기어코 아는 척을 해댄다. 인사야 할 수 있지만, 뻔뻔하게 앞자리에 털썩 앉는다는 게 문제였다.

알렉스의 말에 따르자면 벌써 연패를 거듭한 선샤인 시티 스쿨에서 드셀리스 아카데미가 뜬금없이 영입했다는 수하를 파악하러 나섰다는 소문도 돌고 있단다.

물론 엄연히 여학생과 남학생 리그가 따로 있고, 후보선수들도 리그별로 이미 많았지만 특별히 주전들이 뽑은 선수라니 주목을 얻고 있나 보다.

하지만 글쎄. 칸 얘가 그렇게 한가한 애가 아닐 텐데.

"신기해서."

칸은 무척 솔직했다.

"뱀파이어 냄새는 전혀 나지 않는데 뱀파이어의 능력은 가지고 있는 거잖아. 늑대인간인 내 입장에서는 솔직히 당황스러워."

"세상엔 이런 사람도 있고 저런 사람도 있는 법이야. 뱀파이어랑 늑대인간, 두 부류밖에 없는 줄 알아?"

"아니. 뱀파이어, 늑대인간, 그리고 연약한 인간, 셋이지. 아. 늑대인간 냄새가 좀 많이 나는 뱀파이어도 있었지, 참."

발끈한 수하가 따박따박 쏘아붙여도 칸은 눈 하나 깜짝 않고 여유 있게 받아쳤다.

시답잖은 말장난만 할 거면서 대체 왜 얼쩡거리는 거야! 오늘 중으로 나이트볼 규칙을 다 외우고 숙제도 다 하려고 했는데!

"……넌 겁도 없냐, 뱀파이어한테 당할 뻔한 사람을 보고도 걔네들이랑 계속 붙어 있게."

그 말에 수하는 나이트볼 규칙을 읽다가 다시 고개를 들었다. 머릿속으로 여러 가지 말이 떠돌아다녔지만 정작 입 밖으로 나온 건 그중에서 가장 뜻밖인 말이었다.

"걱정해주는 거야? 고마워. 그렇지만 내 친구들은 그런 애들 아니야."

"뱀파이어를 너무 믿지 마. 이성보다는 결국 흡혈 욕구가 앞서는 놈들이니까."

싸늘하게 말하는 목소리의 온도가 평소보다 훨씬 낮다. 칸은 그 점에 대해서는 가차 없이 말했다.

"그렇게 따지자면 내가 널 믿을 이유도 없잖아. 본 지 얼마나 됐다고."

"그건 그렇지."

뭐야, 얘는. 왜 또 순순히 인정해? 종잡을 수 없는 애다.

"하지만 언젠가 내 말이 떠오를지도 모르잖아."

칸의 밝은 갈색인지, 금빛인지 모를 눈이 햇볕을 받아 번쩍거렸다. 그는 수하가 아니라 그녀의 뒤를 보고 있었다.

"무슨 말?"

정확하게는 아주 당연하다는 듯, 수하 옆에 있던 의자를 획 끌어당겨 털썩 앉는 헬리였다.

깜짝이야. 수하는 눈이 동그래져서 헬리를 쳐다보았다. 며칠 동안 리버필드 시를 아예 떠났던 사람이 오늘 온다는 이야기는 들었지만, 이렇게 갑자기 획 나타날 줄은 또 몰랐다.

"나도 좀 알려줘. 좋은 말이면 참고하게."

헬리는 눈을 깜빡이지도 않은 채 씩 웃으며 칸을 쳐다보았다.

"아, 뱀파이어들 사이에서 쟤 혼자 인간이니까 조심하라고 했지."

"쓸데없는 충고네."

"수하한테는 언젠가 피가 되고 살이 될 충고지. 진짜 피가 되고 살이 되기 전에 충고한 보람이 있었으면 좋겠는데."

두 학교의 주장 사이에 말이 무척 빠르게 오고 갔다. 말이 끝나기 무섭게 꼬리를 잡아채서 치고받는 식이다.

뭐야! 얘네 왜 이래! 당장 칸이 있다는 것만으로도 눈길을 끌고 있었는데 여기 헬리까지 합류하니 주변에서 사람들이 힐 끔대기 시작했다.

수하는 두 사람을 번갈아 가면서 보다가 나이트볼 안내서를 펼쳐 얼굴을 가린 뒤 슬금슬금 그 자리를 빠져나가기로 했다.

친구들아, 싸우면 안 되는 게 아니라 열심히 잘 싸워! 나는 도망갈게!

"둘이 만난 지 얼마 되지도 않았는데 충고란 걸 하기엔 시간 이 너무 이르지 않아? 그런 건 보통 충고가 아니라 쓸데없는 오지랖이라고 하지."

헬리는 살금살금 도망가려는 수하를 가볍게 끌어다 다시 자리에 앉혔다.

"그거야 듣는 사람 마음이지. 앉아 있어. 내가 갈 테니."

수하에게 말한 칸은 자리에서 일어나더니 평온한 표정으로 휙 떠나버렸다.

표정 변화가 거의 없는 헬리 역시 칸과 비슷한 표정으로 가 만히 그가 떠나는 모습을 지켜보다가 물었다.

"쟤가 언제부터 와서 귀찮게 했어?"

차분하게 물어본다고 물어봤는데, 헬리는 제 목소리가 튀어나가는 순간 움찔거렸다. 그의 기준으로는 대단히 날카롭게 들렸기 때문이다.

"미안해."

물어봐 놓고 곧장 사과하니 수하는 대답도 못 하고 그를 쳐다만 보았다.

"내가 간섭할 일은 아니었지. 미안."

"으응? 아니야. 늑대인간이라는데 당연히 네 입장에서는 신경 쓰이지. 한 5분 됐나, 경찰이 와서 질문하고 간 다음에 바로 끼어들었으니까……."

"경찰? 아, 솔론한테 이야기 들었어. 많이 놀랐지? 괜찮아?"

"아니, 아니, 난 괜찮은데……."

그거 말고! 나중에 이야기해도 괜찮은 건 미뤄두고!

"언제, 언제 왔어?"

수하는 그의 이야기가 더 궁금했다. 잘 다녀왔는지, 가서 할 일은 다 잘하고 왔는지, 그리고 연락도 없이 그녀를 어떻게 찾아내서 왔는지, 다 궁금해서 두근두근 가슴이 뛰었다.

"방금."

"그럼 친구들 보러 가야 하잖아."

헬리는 부드럽게 웃었다.

"그래서 보러 왔잖아."

아. 알겠다. 얘는 분명히 아까 칸에게 날을 아주 심하게 세우고 있었다. 겉으로 보기엔 약간의 부딪침으로 보였지만, 수하가 느끼던 것보다 훨씬 심각한 상황이었던 게 분명했다. 아까의 냉랭한 표정과 지금의 웃음 사이에는 엄청난 거리가 있었다.

"아니, 아니, 나 말고."

괜히 부끄러워졌다. 얘는 왜 이렇게 말을 설레게 하는 거야!

"넌 친구 아니야? 옆 학교 주장은 친구 시켜준다면서. 나는? 나는 아니야?"

헬리는 태연한 얼굴로 수하를 놀렸다. 그러니까, 놀리는 게 맞지? 그렇지? 그런 것 같은데.

"아니, 네 동생들……."

"뭐, 친구 말고 더 좋은 거 시켜주겠지? 동생들은 만나고 왔어. 이안이랑 노아가 공항으로 마중 나왔거든. 솔론한테 무슨 일이 있었는지도 들어서 바로 널 보러 온 거고."

사르르 웃으며 엄청난 소리를 한 것 같은데 태연하게 넘어간 헬리는 조용히 물었다.

"경찰이 자꾸만 찾아오는데 무섭지 않았어?"

"어……, 조금. 내가 말을 안 한 게 있다는 걸 들킬까 봐."

"괜찮아. 건진 게 없으니까 더 찾아오지는 않을 거야."

헬리는 고개를 가로저었다.

"연막을 맞았다면서. 다친 데는 없어?"

"나는 멀리 떨어져 있었어. 맞은 건 솔론이랑 아까 칸이 맞았지."

헬리는 아주 씩씩한 수하를 곰곰이 뜯어보았다.

며칠 자리를 비우는 내내 걱정했는데 뜻밖에도 칸의 말도 잘 받아치고, 혈색도 좋고, 위축된 기색은 없다. 혹시라도 겁을 먹었거나 다치기라도 했으면 어쩌나, 머릿속이 복잡했는데 그녀를 대하자마자 아주 말끔해졌다.

"나 엄청 튼튼하다니까. 그리고 그런 거 좀 봤다고 해서 겁먹거나 울지도 않아. 더 심한 것도 많이 봤는데. 멀쩡하다고."

헬리는 피식 웃으면서 가지고 왔던 종이가방을 툭 올려놓았다.

"이게 뭐야?"

"선물."

"내 거?"

그는 고개를 끄덕였다.

"비행기 타고 갔다 왔으니까 선물은 당연히 있어야지. 뭐……, 선물 겸 뇌물이긴 하네."

신난다! 종이가방을 휙 열어보던 수하가 고개를 들었다. 헬리가 테이블 위에 팔을 세우고 턱을 받친 채 그녀를 보고 있었다.

"그날, 솔론이랑 칸 사이에 무슨 일이 있었어?"

솔론은 중요한 건 전혀 말해주지 않아. 정작 말해야 하는 건 말을 하지 않아서 내가 물어보는 거야. 기억나는 건 모조리 다 이야기해줬으면 좋겠어.

낮에 헬리가 했던 말을 괜히 곱씹으며 수하는 뒤척였다. 그는 굳이 솔론의 마음을 들여다보고 싶지 않았기에 수하에게 물어보는 길을 택한 거다.

둘이 싸웠다고. 그렇구나. 칸이 솔론에게서 늑대인간 냄새가 난다고 했어? 그래. 말해줘서 고마워.

헬리에게 말하길 잘한 건가? 그는 수하에게 말해줘서 고맙다고 인사했다.

뱀파이어, 늑대인간, 그리고 연약한 인간, 셋이지. 아. 늑대인간 냄새가 좀 많이 나는 뱀파이어도 있었지, 참.

칸 역시 솔론을 계속 염두에 두고 있는 게 분명했다.

어렵다. 솔론은 무척 기분 나빠하면서 예민하게 반응했는데.

'사이가 안 좋은 데엔 분명히 그럴 만한 이유가 있을 거야.'

그러니까 수하가 끼어들 일은 아니지만, 말이 없는 솔론이 무척 마음에 걸렸다. 모르겠다. 잘 모르겠지만 솔론이 힘들어하지 않았으면 좋겠다. 그녀는 이런저런 생각을 하다가 까무룩 잠들었다.

오늘은 보름이다. 누구도 그녀에게 그렇다는 말을 해주지도 않았고, 보름달을 본 것도 아니지만 본능적으로 알았다.

수하는 살금살금 석조계단을 내려갔다. 그리고 어둠이 내린 정원을 지나, 현장을 붙잡았다.

나도 데리고 가!

담장을 훌쩍 넘는 게 아니라 당당하게 바깥으로 나가려던 솔론이 한숨을 쉬었다. 환한 달빛에 그의 푸른 머리카락이 눈부시게 빛났다.

……가서 달리기만 할 겁니다만.
그러니까! 내가 같이 달릴게! 혼자는 외롭잖아!

환하게 웃으면서 말하니 솔론은 못 이기겠다는 듯 픽 웃었다.

자꾸 혼자 몰래 나오시면 안 됩니다. 궁 전체가 뒤집어져요, 공주님.

내가 뭐 혼자 나왔나? 솔론이 내 기사인데, 뭐. 호위도 있고. 안전하지.

뻔뻔하게 말하니 그가 웃는다. 늘 말없이 그녀를 지켜주는 솔론을 꼭 웃게 해주고 싶었다. 씩씩하게 그를 따라가서 도착한 숲은 무섭다기보다는 아늑한 느낌이 들었다.

……고개를 좀 돌려주십시오.

약간 민망해하며 하는 부탁에 관대한 공주님은 곧장 뒤로 돌았다. 잠시 후 뒤에서 따뜻한 숨을 흘리는 거대한 존재가 느껴지자 그녀는 다시 휙 돌았다. 그러곤 환하게 웃으며 팔을 뻗었다.

어느새 솔론이 있던 자리에 선 푸른 늑대가 그녀를 향해 머리를 숙였다. 그녀는 아주 익숙하게 늑대를 힘껏 쓰다듬었다.

제 15 화

보름달
part 6

솔론은 눈을 떴다. 어둑한 방 안에서 홀로 빛나는 건 그의 오드 아이뿐이었다.

뱀파이어들은 잠을 잘 자지 않지만, 헬리와 지노가 왔을 때 어쩔 수 없이 나갔던 그는 도로 방에 틀어박혀 눈을 아예 감아버렸다. 그러다 잠들었나 보다. 그의 형제들도 대부분 가끔 잠드는 습관을 가지고 있었다.

'……특이한 꿈이야.'

묵직하던 마음이 이상하게 한결 가벼워지다 못해 행복했다. 즐거운 꿈이었다. 그게 수하가 나온 꿈이란 게 문제지만.

그러니까 행복하고 즐거운 꿈이라기보단 특이한 꿈이라고 하자.

'말이 안 되잖아.'

푸르고 거대한 늑대로 변한 그를 기쁘게 웃으며 껴안아 주고 쓰다듬어줄 리가 없었다. 그런 존재가 이 세상에 있을 리가 없다. 뱀파이어이면서 늑대의 모습을 하고 있다니.

솔론은 손을 내려다보다 그 손에 얼굴을 파묻어버렸다. 괜한 꿈으로 싱숭생숭하게 피어오르려고 하는 희망을 무참히 짓밟고, 또 짓밟으면서.

계속되는 습격과 살인사건으로 인해 아름다운 휴양도시 리버필드의 분위기가 점점 흉흉해지고 있었다.

헬리는 밤필드 보육원에서 가지고 온 검은 천으로 싼 길쭉한 물건을 한동안 바라보기만 했다.

머릿속이 복잡했다. 원장선생님의 기록, 저마다 다른 형제들의 반응, 힘들어하는 솔론, 거슬리는 칸, 그리고 하급 뱀파이어들의 짓이 분명한 살인사건과 그를 빤히 바라보다 웃던 수하.

"형, 그거 진짜 검이야?"

막내 노아가 힐끔거리더니 다가와서 그의 곁에 앉았다.

헬리는 고개를 끄덕이며 검은 천을 걷어 보여주었다. 아름다운 은색이 빛을 받아 반짝거렸다.

"나도 만져봐도 돼?"

물어보기만 해도 형은 선뜻 잡아보라며 내주었다.

"가볍다. 그런데 날은 안 섰네?"

그냥 검 모양을 한 막대기인가. 하지만 그렇다고 하기엔 굉장히 고풍스럽고 아름다운 검이었다. 솜씨 좋은 장인이 만든 게 분명했다.

"내가 잡으면 서지."

헬리가 잡으니 뭔가가 바뀐다. 노아의 눈이 커졌다.

"뭐야, 어떻게 된 거야?"

원장선생님은 기록에 분명하게 '검은 헬리의 것'이라고 못 박았다.

지노는 한번 잡아보자마자 두말 않고 그 물건이 헬리의 것이라고 인정했다. 헬리가 잡을 때만 날이 새파랗게 서면서 제대로 된 기능을 하는데 누가 뭐라 할까.

"신기하지?"

"어!"

"나도 잘 모르겠어."

"그래서 원장선생님이 형한테 그렇게 검술을 가르치셨나
봐."

흥미 없어 하는 다른 동생들은 배우지 않아도 되지만 헬리
는 안 된다며 연습용 목검을 여러 번 다시 들게 하셨다. 검술
만큼은 엄격하게 가르치셔서 괜히 속상하고 억울했는데 이
검 때문에 그러셨던 걸까.

"이거 가지고 뭐 할 거야?

"일단 성능을 시험해봐야겠지."

손에 들어왔으니 써먹어 봐야 했다.

"어떻게?"

당장 노아의 눈이 반짝거렸다. 드디어 헬리 형이 행동에 나
서는구나! 그것만 기다리느라 좀이 쑤실 지경이었던 노아는
무척 행복했다.

"저 늑대들 상대로?"

"아니. 그건 안 돼. 이 분위기엔 더더욱 안 돼."

"쳇."

당장 노아의 어깨가 축 가라앉았다. 선샤인 시티 스쿨 늑대
놈들을 상대로 시험해보는 게 딱인데!

"좀 더 적인 게 분명한 쪽을 상대해야지."

"늑대도 우리 적인데."

노아의 볼멘소리에 헬리는 반사적으로 수하 앞에서 그를 도발하던 칸을 떠올렸다. 여태까지는 그저 성가시고 귀찮은 존재들이라고 생각했는데.

"……일단 나중에 보자. 지금은 그놈들한테 밀릴 수 없지."

그가 자리를 비웠던 사이 수하와 솔론에게 일어난 일을 미루어 볼 때, 이미 선샤인 시티 스쿨 늑대인간들은 일종의 순찰대를 조직해서 주변을 돌고 있는 게 분명했다.

헬리 역시 수하도 그렇거니와, 갑자기 주변에 출몰하기 시작하는 하급 뱀파이어들 때문에라도 밤필드 보육원까지 다녀왔으니 이젠 리버필드 시에서 행동할 차례였다.

"그리고 계속 우리를 괴롭혔던 놈들부터 처리하는 게 순서가 맞잖아."

헬리는 금방 변하는 기분을 따라 올라갔다가 내려갔다 하는 노아의 어깨를 툭 쳤다.

"형도 그렇게 생각해? 보육원을 습격했던 놈들이랑……."

그 끔찍한 밤을 떠올리는 건 몹시 힘든 일이다. 특히 막내는 더더욱 힘겨워했다. 헬리의 등에 업혀서 숨소리도 내지 못하고 눈물을 줄줄 흘렸던 차가운 밤공기와 무서운 검은 숲이 선명

했기 때문이다. 그 후에 일곱 명만 남았을 때는 더더욱 힘들었
다.

"지금 보이는 하급 뱀파이어들이랑 같은 편이라고 생각해?"

"추측이지."

아무것도 단정할 수 없고, 소년들에게 주어진 단서는 얼마
없었다. 다 타버리고 무너져버린 밤필드 보육원만 봐도 뻔했
다. 원장선생님이 남긴 기록도 그렇게 선명하고 명확하게 모든
걸 다 밝혀준 건 아니었다.

그럼에도 불구하고, 알아낸 것을 끌어모아 힘껏 싸워야 했
다.

"지금도 보육원 자리를 순찰하라고 하급 뱀파이어들을 보
낸 놈이 있어. 그리고 리버필드 시에 하급 뱀파이어들이 점점
더 많이 보이기 시작했고. 단지 그뿐이야."

하지만 이게 우연일 리가 없다. 헬리는 자리에서 일어났다.
곧 밤이다. 그전에 할 일이 있었다.

☾

"도와달라고?"

뜻밖에도 부스스한 몰골이 아닌 반듯하고 깔끔한 모습으로 앉은 솔론이 되물었다.

"네 후각이 필요해."

뱀파이어들에겐 없지만 뱀파이어인 솔론에게는 유일하게 있는 후각이 필요했다. 헬리는 솔론의 얼굴에 불안이 스치는 것을 보았다.

"지금 선샤인 시티 스쿨 주전들이 계속 순찰을 도는 이유는, 후각으로 하급 뱀파이어들을 탐지해낼 수 있기 때문이야."

늑대인간들의 예민한 후각은 멀리 떨어져 있어도 뱀파이어의 냄새를 기가 막히게 탐지했다.

'그래서 나랑 수하가 달려갔을 때 이미 칸 그놈이 하급 뱀파이어와 싸우고 있었던 거지.'

솔론도 알고 있었다.

"어려운 부탁이라는 거 알아. 거절해도 괜찮아. 혹시나 싶어서 물어보는 거지, 강요하는 것도 아니고."

헬리는 고개를 흔들었다.

"나도 형이 괜히 부탁하는 게 아니란 거 잘 알아."

"나를 생각하지 말고 너부터 생각해줄래……?"

헬리가 한숨을 쉬자 솔론은 뜻밖에도 소리 내어 웃었다.

"어쩔 수 없잖아. 우린 여태까지 함께 붙어 있었으니까 살아남은 거야. 그걸 모르는 사람은 우리 중에 아무도 없어, 형. 그러니까 할게."

뜻밖에도 순순히 고개를 끄덕이는 솔론을 한참 보던 헬리가 조심스럽게 물었다.

"진심이야?"

"어. 진심. 완전 진심. 그러니까 또 물어보지 마."

솔론은 단호하게 말하며 자리를 완전히 털고 일어나 굳건하게 닫아뒀던 방 문고리를 잡았다.

"오늘 보름인데?"

"오늘 보름이니까. 오늘 해야지. 저 바깥에 어쩌면 우리를 보육원에서부터 추적해온 놈들이 득시글거리고 있다는 얘기 아니야."

그렇다면 빨리 잡아야지. 잡아서 보육원 선생님들의 복수를 해야지. 문을 열려던 솔론이 아차, 하고 헬리를 쳐다보았다.

"그런데, 걔도 끼는 거야?"

"걔라니, 누구?"

"……수하."

머뭇거리면서 나온 이름은 예상 밖의 인물이었다.

헬리는 눈이 약간 커진 채 솔론을 쳐다보았다. 형제 중에서 가장 예민하고, 또 무척 낯을 가리는 솔론이 수하 이야기를 먼저 꺼낼 줄은 몰랐다.

"아니야. 그럴 리가 없잖아."

"아니, 내 말은."

솔론은 헬리를 분명하게 바라보았다.

"걔가 있어도 상관없을 거 같다고."

"……진심이야?"

그는 형을 향해 진지하게 고개를 끄덕였다.

"진심이야. 형이 왜 그애를 챙기려고 하는지, 나도 이젠 완전히 이해가 돼."

"……그럼 그전까지는 이해를 못 했다는 거네."

헬리는 농담을 하면서 픽 웃었다.

"이해를 하긴 했지. 나라고 꿈에서 걔를 안 본 건 아니니까. 하지만 꿈과 현실은 어쨌든 다르다고 생각했어. 아무리 일곱 명 전원이 같은 사람이 나오는 꿈을 꾼다 해도, 현실은 현실인 거잖아."

하지만 현실이나 다름없는 꿈이 있을 수도 있었다. 꿈같은 이야기를 늘어놓은 기록이 현실에 있을 수도 있다.

"얼핏 보기엔 말이 안 되어 보여도, 적어도 선생님들은 다 믿어 의심하지 않은 진실이라면 나도 믿을 거야. 형도 믿는 꿈이라면 나도 믿을 거야."

아직 자신은 없지만 선생님들이, 헬리 형이 믿었으니까. 처음으로 꿈에서 맛본 해방감과 행복을 다시 한번 느끼고 싶었다. 그뿐이었다. 솔론은 난생처음, 닫았던 문을 스스로 열고 바깥으로 나갔다.

"······나왔냐?"

나가자마자 발에 툭 걸리는 건 과자봉지며 게임기다. 별일 아닌 것처럼, 그리 유난을 떨지도 않는 형제들이 넓은 거실이나 게임룸을 내버려두고 굳이 그의 방문 앞에 옹기종기 모여 있었다.

이안이 덤덤하게 아는 척을 하더니 탁자를 가리켰다.

"너만 안 먹었으니까 저거 먹어."

솔론은 이안의 성의 없는 턱짓을 따라 시선을 옮기다가 그만 실소하고 말았다.

"저게 뭐야?"

온갖 혈액팩이 산더미처럼 쌓여 있었다. 사슴, 곰 등 종류도 다양한 걸 보니 소년들 중 누군가가 전문사냥꾼에게 다녀온

게 분명했다.

"간식."

"누가 간식을 저렇게 먹어?"

"네가 안 나오는 동안 우리가 저만큼 먹었어. 그러니까 너 다 먹어."

솔론은 머리를 괜히 긁적였다.

"……전보다 훨씬 많은 거 같은데……."

"다 먹으라니까."

지노가 말없이 혈액팩 하나를 열어 툭 내밀었다. 솔론은 그걸 받으며 지노 곁에 앉았다.

보름이지만, 그는 아주 일찍 형제들의 곁으로 돌아왔다. 다음에는 더 이상 틀어박혀 혼자 괴로워하는 일은 없길.

☽

해가 지기 시작했다. 석양이 푸르스름한 어둠을 불러오기 시작하면 그림자가 길게 지면서 햇볕을 질색하는 하급 뱀파이어들이 움직일 틈을 만들어준다. 해를 피해 숨어 있던 뱀파이어들이 스멀스멀 바깥으로 나와 배를 채울 대상을 물색하기 시작하는 시간이다.

동시에 휴양지인 리버필드 시의 즐거움도 이제 시작이었다.

"날씨 좋네."

붉은 머리카락이 바람에 휙 날렸다. 지노는 주머니에 손을 넣은 채 터덜터덜 여유롭게 걸어갔다. 그의 곁에는 태연한 자카가 함께 거리를 걷고 있었다. 그들뿐만이 아니다.

동쪽.

귓가에 형제들에게만 전달하는 헬리의 지시가 들렸다. 여전히 동쪽이다. 헬리는 솔론과 함께 이동 중이었다. 방향은 솔론이 찾는다 했다.

"……형. 아마, 솔론 형이……."

자카가 조심스럽게 입을 열었다.

"어. 그렇겠지."

지노는 고개를 끄덕였다.

"싫어하더니. 헬리 형 말은 진짜 잘 듣네."

"걔가 헬리 형이 말한다고 해서 들을 애는 아니지."

지노는 한가롭게 대답하며 걸어갔다.

누가 그들을 보고 오늘 본격적으로 하급 뱀파이어들을 사냥할 채비를 갖춘 이들이라고 생각할까. 그저 키가 크고 체격이 좋고 패션 센스가 좋은 남자애들로 보일 뿐이다.

"무슨 바람이 불어서 자원한 건지 모르겠지만, 솔론 형이……."

매사에 냉철하고 신중한 자카는 말을 잇지 못했다.

"걔가 뭐."

"……우리 때문에 억지로 했을까 봐……."

"뭔 소리야, 걔는 필요하면 혼자서 우리 여섯을 싹 따돌리는 앤데 억지로는 무슨."

지노는 픽 웃었다.

"뭐 억지로 했다고 해도 그 또한 걔가 우리를 위하는 마음이니까 그 마음에 보답하면 되는 거야. 어렵게 생각하지 마."

말투는 가볍되 내용은 무겁고, 그들이 향하는 방향 끝에 선 이들은 아마 그들의 목을 노리는 적이리라. 석양이 하늘을 붉게 물들이고 있었다.

제 16화

보름달
part 7

기억이 있을 때부터 소년들은 밤필드 보육원에 있었다.

책을 통해 본 세상에는 부모라는 존재가 가족에 포함되어 있었지만, 그들에게는 부모 대신 선생님들이 있었다. 밤이 무섭다고 울면 안아주고, 데려와서 동화책을 읽어주며, 꿈을 꾸게 하고 미래를 걱정해주는 이들이었다. 거기에 죽어라 싸우면서도 붙어 다닌 형제들까지 있으니 부족함을 느낄 새가 없었다.

보육원이 습격당하기 전까지는 그랬다.

"긴장하지 마."

헬리는 솔론의 어깨를 토닥였다. 하지만 그렇다고 해서 척추를 타고 정수리까지 내달리고 있는 긴장감이 쉬이 사라질 리는 없었다.

보육원이 습격당한 후로 소년들은 그저 도망치고, 도망치고, 또 도망치기만 했다. 한 번도 제대로 반격해볼 엄두도 내지 못한 채 일단은 안전한 곳을 찾아 너무나 먼 거리를 달아났다. 겨우 정신을 차렸을 때는 이미 일곱 명끼리 은밀하게 움직이는 것에 강제로 익숙해진 후였다.

"처음 해보는 거라 그래."

모자를 깊숙하게 눌러 쓴 솔론이 마른침을 꿀꺽 삼키며 대답했다.

그러니까 반격은 처음이다. 예전엔 위험신호가 눈에 보이거나 사소한 충돌이 생기면, 동생들이 너무 어렸기에 이안과 헬리, 지노가 의논을 한 뒤 거처를 옮기기만 해왔다.

선생님들이 습격 당시에 가장 먼저 챙겨준 게 돈이었고, 매사 차분하고, 특히 도망치면서 만난 사람들의 속내를 낱낱이 읽어내며 리더 역할을 톡톡히 한 헬리 덕에 금전적인 어려움은 그 후로 겪은 적이 없지만, 도피만 하는 생활은 사람을 피폐하게 만든다.

"굳이 잘할 필요 없어. 실패해도 괜찮아."

"절대로 실패하지 않을 거야."

솔론은 고집스럽게 말하며 냄새가 짙어지는 방향으로 향했다.

그에게 숨겨진 힘을 사용하는 건 상당히 불쾌한 일이었다. 왜 선샤인 시티 스쿨 늑대인간들이 '뱀파이어 냄새'라고 이야기하는지 바로 알 수 있기 때문이다.

전혀 느끼지 못했던 형제들의 냄새가 새롭게 맡아졌지만, 그게 기분 나쁜 건 아니다. 솔론은 늑대인간들이 말한 게 이해된다는 그 사실이 불쾌했다.

"가까워지고 있어."

일부러라도 사용하지 않으려고 억누르고 억누르던 힘이다. 형제들은 그가 숨긴 힘이 뭔지 알 수밖에 없었지만, 그가 죽어라 숨긴다는 것 역시 존중했다.

오래도록 내버려두기만 했던지라, 솔론은 낯설고 서툴기만 한 감각이 아직까지 어색했다. 어색하지만 꿋꿋하게 걸어갔다. 아니, 뛰기 시작했다.

좀 더 빠르게 이동할게.

형제들에게 일제히 알린 헬리는 솔론을 따라 내달렸다. 조심스럽고 소리 없이, 기척은 최대한으로 죽이며 석양이 지기 시작하는 새빨간 하늘에 보랏빛 어둠이 잠기기 시작하는 모습을 바라보며 움직였다.

여태까지 도망만 쳤던 소년들이 난생처음, 본격적으로 반격하는 순간이었다.

다시 한번 말하지만 우리의 이번 목표는 무조건 생포야.

늘 그들 가까이 온 하급 뱀파이어를 죽이고 사라졌지만, 리버필드까지 왔는데 더 이상 사라지기는 싫었다.

이젠 다 무너져 내린 보육원에 갔는데도 하급 뱀파이어들과 마주쳤다면, 소년들은 계속 추적받고 있었다는 뜻이 아닌가.

도대체 누가 보육원을 습격했고, 지금까지도 그들의 주변을 맴돌고 있는 것인가. 알아야 했다.

근데, 이거 먹힐까?

이안이 물었다. 하급 뱀파이어 추적은 솔론에게만 맡긴다 해도, 오늘 드넓은 리버필드 시에서 하급 뱀파이어를 생포할 수 있을지가 미지수였다.

어차피 하나만 잡으면 돼.

그래서 일곱 명 모두가 나서서 눈에 불을 켜고 하급 뱀파이어를 찾는 거다. 딱 하나만 잡아 죽이지만 않고 헬리가 그놈의 생각을 읽어내는 것.

요즘 리버필드 시를 흉흉하게 만드는 하급 뱀파이어들은 오늘 밤에도 나타날 가능성이 무척 높았기 때문에 헬리의 생각엔 대단히 단순한 목표였다.

단순한……, 단순한가?

아니, 잠깐. 솔론. 잠깐 멈춰봐! 너무 멀리 왔어!

솔론은 헬리의 말에 퍼뜩 정신을 차렸다. 희미한 냄새를, 형제들과는 다른 냄새를 좇아 정신없이 달리다 보니 어느새 리버필드 시에서도 많이 벗어났다.

휴양지 주변이라곤 믿을 수 없을 정도로 조용했다. 저녁 어스름이 감도는 이 공기가, 하늘이, 그리고 길게 진 나무 그림자들이 불길하다. 불쾌한 존재들이 스멀거리고 있었다.

"어······?"

멍한 소리를 내며 멍청하게 서 있는 놈은 여기에서 곧장 죽는다. 혹은, 생포대상이 된다.

"어어어어?"

그림자에서 막 벗어나려고 하던 하급 뱀파이어는 막 멈추려고 하는 솔론을 보며 눈을 휘둥그렇게 떴다.

어어? 이상하다?

"늑대라며······?"

지금 달려오고 있는 저 파란 머리는 분명히 뱀파이어인데?

그게 그 하급 뱀파이어가 마지막으로 한 생각이었다. 다음 순간, 그는 솔론에 의해 땅에 엎드려졌다. 대단히 신속하고 깔끔한 솜씨로 하급 뱀파이어를 '일단' 처리한 솔론은 곧장 다음 하급 뱀파이어에게 달려들 수밖에 없었다

형, 멈추기엔 늦었어.

솔론이 그를 따라잡은 헬리를 바라보았다. 불길한 그림자가 그들을 감쌌다.

그러게. 늦었네.

헬리는 침착하게 고개를 끄덕이며 솔론에게 바짝 붙어 섰다.

침착하기엔 지나치게 많은 하급 뱀파이어들이 시뻘건 눈으로 그들을 보며 어둠 속에서 스멀스멀 기어오르고 있었다.

늑대인간들은 집단으로 움직인다. 리더를 따라 한 무리를 이뤄, 사냥 역시 집단으로 함께한다. 그러니 늑대인간들을 상대하려면 집단 자체를 흩어놓든가, 아니면 집단보다 훨씬 월등한 숫자로 덤벼야 했다.

헬리는 그들을 둘러싼 하급 뱀파이어들의 머릿속을 읽어내느라 정신이 하나도 없었다. 지금 스쳐 지나가는 생각만 읽을 수 있지만, 그것만으로도 충분했다.

⋯⋯늑대라며?

늑대인데 왜 뱀파이어가 있어?

쟤넨 우리랑 같은 드리프터가 아닌데?

가장 많은 생각이 바로 저거였다.

리버필드 시에서 자꾸만 하급 뱀파이어들이 죽어나가는 게 늑대인간들 때문이라고 생각한 거구나. 그래서 이렇게 함정을 파고 냄새를 흘리면서 늑대들을 유인해 일망타진하려 했던 거다.

'……이거 재미있는데.'

홀로, 많아야 둘씩 움직이는 하급 뱀파이어들이 이렇게 같은 목표를 가지고 많은 인원으로 모습을 드러낸 건 밤필드 보육원이 습격당했을 때 이후로 처음이다.

헬리는 모처럼 한쪽 입꼬리를 위로 올렸다. 어쩐지 점점, 보육원을 습격한 놈들과 이놈들이 같은 편이라는 느낌이 자꾸 든다. 느낌일 뿐이지만 말이다.

어어어? 이게 어떻게 되는 거야? 원래 작전은 이게 아니었잖아?

어떻게 하지? 이거 이대로 죽여야 해?

늑대라며! 근데 저건 같은 뱀파이어 아냐? 게다가 엄청 강해 보이는데? 드리프터들이 잡을 수나 있는 거야?

망설이는 하급 뱀파이어들도 있다.

그나저나 이들은 스스로를 드리프터라고 부르는 건가.

보통은 하급 뱀파이어들은 혼자 다니다가 생각이란 걸 하기 전에 헬리의 손에 목숨을 잃곤 해서 저 단어를 읽어낼 틈이 없었다. 혹은 함께 다니는 파트너의 '이름'만 불렀을 뿐이다. 제이미나 아케, 뭐 그런 이름들.

헬리에 따르자면, 그건 그리 의미가 없는 일이었다.

"아악!"

이미 솔론이 하나를 죽이고 시작했으니, 상대를 살피고 이게 어떻게 된 상황인지 파악하는 건 소용없었다.

사실 상황파악이 빨라 하급 뱀파이어 하나가 쓰러질 때부터 당장 솔론을 공격했던 이들도 있었다. 하지만 솔론에게 그대로 당하고 말았다. 그러니 이쯤이면 아수라장이었다.

얘들아, 빨리 와줬으면 좋겠는데.

헬리가 솔론의 뒤를 공격하는 놈을 걷어내며 조용히 말했다.

왜, 안 좋아?

깜짝 놀란 노아가 제일 먼저 반응했다.

응. 좀 많네. 한 스무 명……, 서른 명쯤 되는 거 같아. 나랑 솔론밖에 없어.

아, 형! 서른 명이 그렇게 침착한 말투로 얘기할 숫자냐고!

지노를 필두로 다른 동생들도 고함을 질러대기 시작하는데 솔직히 시끄러워서 못 알아듣겠다. 그들에겐 헬리 목소리밖에 안 들리니 조용하겠지만.

헬리는 적당히 무시한 채 자꾸만 달려드는 뱀파이어들을 처리했다.

얼마 되지 않아 붉은 석양과 아주 잘 어울리는 불덩어리가 그의 곁을 스쳐 지나갔다.

물론 헬리와 솔론은 눈 하나 깜짝하지 않았다. 지노가 어설프게 굴 리가 없다는 걸 잘 알고 있기 때문이다.

"으악! 늘어났다!"

"늑대다!"

늑대라니? 헬리는 반사적으로 솔론을 바라보았다. 아니, 솔론은 여전히 그 모습 그대로인데.

그때 지노가 일으킨 화끈한 열기 뒤로 익숙한 잿빛 머리카락이 보였다. 또 너냐.

"너도 왔냐?"

여태까지 침착하고 조곤조곤하던 헬리의 말투가 순식간에 꼬였다.

"어째 이상한 냄새가 많이 나더라니."

칸은 한숨을 푹 쉬었다.

"너 여기서 뭐 하냐?"

아주 궁금해 죽겠다는 질문이지만 질문을 받은 헬리는 어처구니가 없었다. 지금 하급 뱀파이어 때려잡는 거 안 보이나?

"보고도 몰라? 눈 뜨고 뭐 하냐?"

저절로 거칠게 대꾸한 헬리는 돌아서서 일단 달려드는 다른 뱀파이어의 목을 사정없이 비틀었다.

"지원해준다며! 도대체 언제 오는 거야!"

지노와 자카가 합류하고, 곧장 이안이 나머지 동생들을 데리고 들이닥쳤는데 칸까지 나타나니 하급 뱀파이어들은 우왕

좌왕하기 시작했다.

그 와중에 지원이라니. 헬리의 예리한 눈이 지원 운운한 놈에게 꽂혔다.

"뭐야, 지원이라고? 누가 또 온다는 거야? 이미 이렇게 많은데?"

징그러워 죽겠네, 진짜. 이안이 투덜거리며 뱀파이어 둘을 잡아다가 칸 쪽으로 집어 던져버렸다.

칸이 휙 피하면서 '이게 무슨 짓이냐'는 표정을 지었지만 이안은 싹 무시하며 계속 헬리에게 말했다.

"저놈은 왜 여기 있는 건데?"

"늑대들을 사냥하려고 파둔 함정에 우리가 먼저 온 거야."

"우와, 그거 섭섭한데. 그냥 나오지 말 걸 그랬다."

이안이 크게 말하자 칸이 미간을 좁혔다.

"다 들리거든."

"들으라고 말한 거다, 왜!"

왜, 하는 마지막 말소리와 함께 쾅, 하는 굉음이 울렸다. 확실히 이안이 끼어들자 소음이 커졌다. 칸도 어쩔 수 없이 자신을 향해 달려드는 하급 뱀파이어를 이미 셋이나 처리했다.

"……숫자가 안 줄어드는데, 형."

자카가 잠시 헬리의 곁에 와서 말했다. 혼란한 상황에서 헬리가 신경 쓸 게 많다는 걸 잘 알고 배려하는 성격인 그는 늘 이렇게 행동했다.

"다치는 건 각오해야겠어."

아무리 하급 뱀파이어라 해도 늑대인간들을 잡으려고 작정하고 판 함정인 데다, 숫자가 계속해서 늘고 있었다.

게다가 이젠 뱀파이어들이 마음껏 날뛸 수 있는 밤이 오고 있다. 이런 집단전투는 처음이라, 소년들에게 몹시 아슬아슬한 상황이었다.

"크아아악!"

어디선가 시커먼, 사람의 피가 아닌 뱀파이어의 피가 질척하게 튀었다. 비명이 들린 쪽을 본 이안이 신음했다.

"아, 쟤도 왔어?"

늑대인간들은 무리를 지어 다니는데, 리더인 칸이 이곳에 있으니 다른 늑대인간들이 오지 않으면 이상한 거다.

저번에 광장에서 이안과 붙었던 나자크가 이를 드러내며 하급 뱀파이어들을 상대하다가 똑같이 그놈들을 잡고 있던 이안과 마주치곤 멈칫거렸다. 그러곤 물었다.

"……너 뭐 하냐?"

"얘넨 왜 하는 얘기가 다 똑같아? 보면 모르냐!"

이안은 짜증을 내면서 또 뱀파이어들을 나자크에게 집어 던졌고, 나자크는 이게 무슨 짓이냐며 성질을 내려다 달려드는 하급 뱀파이어들을 어쩔 수 없이 상대해야 했다. 그 정도로 숫자가 너무 많았다.

그래서 헬리는 칸에게 진심으로 물었다.

"네 동생들은 더 안 오냐?"

같은 뱀파이어들을 죽이다니 저놈이 미쳤나 했는데 저런 질문까지 하다니 진짜로 미친 게 분명하다.

칸은 헬리를 경악한 표정으로 보다가 얼떨결에 대답했다.

"오긴 와."

"오긴 오는데, 다 안 온다는 얘기야?"

"넌 다 알면서 왜 물어보냐!"

"네가 말을 찝찝하게 하잖아!"

늑대인간의 리더와 뱀파이어 소년들의 리더가 이 와중에도 말다툼을 벌이고 있다. 바꿔 말하자면, 그럴 여유가 충분하다는 뜻이었다. 아직까지는 말이다.

"지원이 도착했다!"

새카맣게 밀려드는 하급 뱀파이어들이 이렇게 많았나 싶을 정도로 징그럽게 느껴졌다. 아니, 이렇게 많은 숫자의 적은 밤 필드 보육원 습격사건 이후로 처음이라 더 싫은 것일 수도 있 다.

죽어도 그때 생각에 트라우마가 되살아났다는 건 티 내기 싫어서, 시온은 숨을 깊게 들이마셨다.

무섭지 않다. 겁먹을 필요 없다. 그때 이후로 이렇게 싸우는 건 처음이지만, 소년들은 자랐다. 더 이상 선생님들의 가르 침과 보살핌이 필요한 아이들이 아니었다.

"일단 다 죽여!"

뱀파이어든 늑대인간이든 함정을 쳐놓고 기다리고 있던 이 들에겐 어쨌든 죄다 똑같이 적이다. 그런 상황이 되어버렸다.

숫자로 우위를 점한 그들은 아직 새파랗게 젊은 소년들을 향해 달려들었다. 어둠은 그들의 무대이자 집이나 다름없었기 에 하늘을 뒤덮기 시작한 밤도 그들의 편이었다.

아니, 정말로 그러한가?

하급 뱀파이어들, 스스로를 드리프터라 칭하는 이들은 갑자 기 들려오는 늑대 울음소리에 마른침을 꿀꺽 삼켰다.

오늘은 보름이다. 늑대사냥을 하기엔 참 공교로운 날이기도 했다.

제 17 화

보름달
part 8

오늘은 보름밤. 나이트볼 연습을 빙자한 안개화 연습은 없는 날이다.

수하는 커다랗게 뜬 보름달을 바라보았다.

헬리는 돌아온 후에 더 바빠졌다. 완벽하게 안개가 되어 이곳저곳 돌아다닐 수 있다면 그를 더 도와줄 수 있을 텐데.

'아니, 도와주긴 뭘……! 나는 방해만 되지 헬리는 나보다 훨씬 더 똑똑하고 알아서 잘할 텐데……!'

언뜻 보기에도 사연이 몹시 복잡해 보이는 소년들인데, 거기에 수하가 어떻게 감히 끼어들까. 그들만이 공유하는 끈끈한 사연이 있을 텐데.

'……그래도 그냥 도움이 되었으면 좋겠어.'

싫은 내색 한 번 않고 갑자기 나타난 그녀를 도와주고 친하게 지내는 소년들이 고마웠다. 보아하니 일곱 명이서 똘똘 뭉쳐 살아온 세월이 꽤 긴 것 같은데, 툭 튀어나온 수하를 받아들이기도 힘들었을 거다.

그녀만 느끼는 게 아니라 수하의 다른 친구들도 그녀가 나이트볼 주전들과 스스럼없이 지내는 걸 보고 무척 신기해하고 있었다.

'부디 오늘 밤에는 아무 일도 없길.'

나이트볼 연습이 없다는 건, 소년들이 무슨 일인가를 벌인다는 뜻이다.

부디 성공하고 다치지 않길. 수하는 가만히 창가에 앉아 서늘한 바람을 맞으며 눈을 감았다. 어쩐지 어디에선가 늑대가 우는 소리가 들리는 것 같다.

아우-우-우-우-.

아니, 착각이 아니다. 수하의 눈이 커다래졌다. 거대한 늑대가 울부짖는 소리가 아스라이 들리고 있었다. 아주 희미하게, 관심이 없는 사람은 그냥 지나칠 정도로 멀었지만 그녀에겐 분명하게 들렸다.

왜 하필 보름을 늑대사냥일로 잡았냐, 라고 묻는다면 사실이 하급 뱀파이어들도 할 말은 많았다.

뱀파이어들은 기본적으로 바깥에 모습을 드러내지 않는다.

늑대인간을 잡으려면, 차라리 진짜 늑대사냥으로 보이는 게 나중에 '혹시라도' 주변을 지나는 경찰이나 사람들에게 들킬 때도 편했다.

'아마' 고등학생일 늑대인간 몇을 잡는 게 뭐 그리 어렵겠나. 그래서 일이 이렇게 된 것이다.

여기에 무슨, 뱀파이어랑 늑대인간이 친구인 변수를 넣을 사람이 어디 있겠냐고!

어디선가 어떤 하급 뱀파이어가 다른 생각을 하며 속으로 절규하는 게 헬리에게 읽혔다.

그러다가도 그의 예상대로 그 생각은 더 이상 읽히지 않았다.

전투 중에 딴생각을 하면 그건 바로 죽음으로 가는 지름길이지. 그것도 저 선명한 보름달이 떴을 때는 절대로 그래선 안 된다.

"아, 나 지금 우선순위가 헷갈리는데, 형."

하하. 막내 노아가 이마를 쓱 닦아내며 긴장된 웃음을 지었다.

"쟤네부터 죽여야 할 거 같은 느낌이 들어."

말 그대로 느낌에 불과했다. 멀리에서 하울링을 하더니 그대로 달려드는 늑대가 총 두 마리. 그리고 칸에게 곧장 합류했던 나자크 역시 늑대로 완전히 변했다.

그리고 그뿐인가. 헬리는 결국 보름달의 영향을 받고야 만 솔론의 곁에서 슬슬 매고만 있던 검을 풀어냈다.

안간힘을 다해 참고 누르고 견디기만 하던 솔론이 기어이 달빛을 받고 순식간에 몸집을 부풀렸다. 푸르른 털을 가진 늑대로 변했다.

그에겐 경악이라는 감정부터 읽혔다. 형제들을 제외하곤 헬리의 곁에 선 푸른 늑대를 보며 모두가 다 놀라는 중이었다.

"뭐……."

유일하게 늑대가 되지 않은 칸마저 말을 완성시키지 못하고 멍하니 솔론을 바라보았다.

쟤는 분명히 뱀파이어인데, 아니, 근데 왜 그들과 비슷한 냄새가 나는 거지? 눈으로 봐도 늑대 아닌가.

그때 칸의 머리카락이 그을릴 만큼 불이 가까이에서 바짝 일어났다. 누가 봐도 고의로 불을 일으킨 지노가 싸늘하게 칸을 한 번 쳐다보고 바로 다음 하급 뱀파이어를 상대했다.

시커멓게 그을려 툭 무너지는 뱀파이어 시체를 본 칸은 아차 싶었다.

'싸우는 중이었지.'

너무 충격적인 일이었고, 칸이 여태껏 살아왔던 세상에서는 있을 수가 없는 일이었으나 지금 그의 목을 노리는 이들이 너무 많았다.

게다가 그를 보고 있는 드셀리스 아카데미 나이트볼 주전들의 시선이 어마어마하게 살벌했다.

'저 푸른 늑대에 대해 한마디라도 잘못 입을 놀렸다간 죽여버리겠다, 이거군.'

지금 입을 놀릴 시간이라도 있는 줄 아나. 칸은 덤벼드는 하급 뱀파이어들을 정신없이 처리했다. 충격은 받았지만, 목숨을 지키는 게 더 중요했다.

칸뿐만 아니라 나자크를 비롯해 뱀파이어들의 냄새를 맡고 나온 늑대인간들도 다 똑같은 생각일 거다.

쾅!

"저놈들 막아!"

확실히 집단행동은 뱀파이어들의 특기가 아니다. 하급 뱀파이어들이 떼로 덤벼들다가 낙엽 떨어지듯 우수수 밀려가는 사이, 오랜 시간 호흡을 착실하게 맞춰 온 이쪽은 막힘없이 공격했다.

일단은 늑대인간들은 내버려두고 하급 뱀파이어들에게 집중해.

헬리의 결정에 드셀리스 아카데미 주전들은 곧장 늑대인간들에게서 시선을 떼어냈다.

시온이 손을 펼쳐 하급 뱀파이어들을 끌어당기고, 지노가 그들을 태워버렸다.

일곱 명끼리 합이 척척 맞는다. 가끔 동선이 늑대인간들과 엉키기도 했지만, 나이트볼을 하면서 하도 부딪쳐 본지라 적당히 피하는 것도 쉬웠다.

으, 쟤네랑 호흡 맞는 날이 올 줄이야.

질색하는 이안의 중얼거림을 듣고 헬리가 픽 웃었다.

나만 그렇게 생각하는 거 아니잖아.

그가 웃는 걸 보고 이안이 또 한마디를 더 했다.

그래. 쟤들도 그렇게 생각하고 있어.
아, 그게 더 싫어! 왜 나랑 똑같은 생각을 해!

드셀리스 아카데미와 선샤인 시티 스쿨 주전들은 여기서도 사이가 좋을 수가 없었다.

어느새 지노는 나자크와 누가 더 많이 하급 뱀파이어들을 처리하는지 경쟁까지 하고 있었다.

솔론, 괜찮아?

그 와중에도 헬리는 하필 늑대인간들 앞에서 수인화를 해 버린 솔론을 걱정하지 않을 수 없었다.

지금 그런 거 따질 때가 아니잖아.

푸른 늑대 모습을 한 솔론은 냉정하게 말하며 하급 뱀파이 어들을 쳐냈다. 아니, 어떻게든 냉정하려고 노력하는 중이었 다.

그래. 다 죽이지는 말고 좀 살려둬. 이번엔 내가 생각을 다 읽어 내야겠어.
알았어.

솔론은 헬리를 힐끗 보며 고개를 끄덕인 뒤 거대한 몸을 날 렵하게 날려 하급 뱀파이어들의 머리 위를 훌쩍 뛰어넘었다.

자카, 도망치는 놈들이 있어. 차단해. 노아, 네 3시 방향에 저 허스키같이 생긴 늑대가 붙잡고 있는 놈은 죽이지 못하게 해. 생 포할 거니까. 그렇다고 늑대랑 싸우지는 말고.

일단은 얘기를 들으면서 뛰어가려던 노아가 보라색 머리카락을 휙 날리면서 헬리를 돌아보았다.

그게 가능하다고 생각해?

물론 쳐다만 볼 뿐 이미 뛰어가고 있었다.

쟤네도 말은 할 줄 알잖아.
난 쟤네랑 말하기 싫어!
생포해.

헬리는 단호하게 말하며 노아에게서 신경을 끊었다. 놔두면 또 투덜대면서도 어떻게든 악착같이 해낼 것이다. 그는 제 한 몫을 다 해내고 싶어 언제나 애쓰는 막내를 아주 잘 알았다.

죽기 싫어! 살려줘! 도와줘!

이곳은 비명보다 더 시끄럽고 절박한 감정과 생각들이 어지럽게 뒤엉켜 혼란하기만 하다. 차라리 싸움에만 집중할 수 있으면 좋으련만, 동생들이 그에게 말하는 것을 들으려 귀를 기울이다 보면 그리 읽고 싶지 않은 것까지 읽게 된다.

헬리는 미간을 좁히며 검을 가볍게 잡았다.

'좀 더 검에 집중하고 싶은데.'

그러기엔 이곳이 너무 혼란스럽다.

리버필드 시경이 이곳에서 벌어진 일을 알아차리려면 몇 시간은 더 걸릴 정도로 인적이 없는 숲속이니, 하급 뱀파이어인지 드리프터인지 아무튼 저놈들이 장소 하나는 기가 막히게 잘 잡았다.

늘 다정하고도 엄격한 원장선생님의 가르침을 떠올리면서 검을 사용해보고 싶었지만, 그러기엔 죽기를 각오하고 달려드는 놈들이 너무 많았다.

저 목을 꺾어…….

왼쪽 다리를 강하게 가격해 부러뜨리면…….

발목을 쳐내…….

헬리의 어떤 부위를 어떻게 공격할지 벌써 다 읽힌다.

수년 만에 잡아보는 검이라 실전에서 바로 사용하는 건 위험부담이 컸지만, 능력과 함께 사용하면 그리 위험할 것도 없었다. 읽어내고, 막고, 역공하면 되니까.

'생각보다 훨씬 편리하네.'

그래서 검을 가르치신 건가, 아니면 이 검이 그렇게 특별한 건가?

휴대폰을 쓰는 시대에 검을 사용하다니, 조금 재미있기도 했다. 동시에 한동안 사용하지 않았던 티가 역력히 나서 조금 짜증스럽기도 했다.

"아, 생포라니, 장난해?"

아니나 다를까, 노아가 달려간 쪽에서 누군가의 고함이 터졌다.

"싫으면 앞으로도 계속 밀고 들어오는 대로 막기나 하든가."

지지 않고 대꾸하는 노아의 목소리도 차갑다.

그사이에도 듣기 싫게 뼈가 부러지고 근육이 터지는 소리가 난무했다. 아수라장이 따로 없었다. 실로 오랜만에 느껴보는 제대로 된 살기와 상대해볼 만한 숫자다.

혀로 입술을 싸악 핥아낸 헬리는 싸늘하게 웃으며 검을 휘두르기 시작했다.

어느새 소년들의 옷이며 늑대들의 털에는 시커멓고 진득한 피 얼룩이 가득했다.

아무리 봐도 눈앞에 있는 하급 뱀파이어들의 숫자는 너무 많았다. 너무, 너무, 지나치게 많았다. 베어내고 물어뜯어도 끝이 없었다.

……이기는 게 가능할까?

헬리에게도 드디어 불안에 가득 찬 형제들의 생각이 읽히기 시작했다.

수하는 심하게 두근거리는 심장 근처를 꽉 눌렀다.

왜 이러지? 왜 이렇게 불안하고 마음이 조급할까.

어릴 때부터 하도 범상치 않은 삶을 살아온 그녀라서, 웬만한 일에는 눈 하나 깜짝하지 않을 자신도 있었고 그리 크게 놀라는 성격도 아니었다. 늘 평온했고, 당황해도 다시 침착해지는 속도가 무척 빨랐는데 지금은 괜히 불안했다.

'전화도 안 받고, 메시지에도 답도 없고……'

나이트볼 주전들이 한꺼번에 연락이 뚝 끊겼다. 오늘은 그저 '연습이 없다'고만 했고 이유도 듣지 못했다. 마치 일부러 이유를 말하지 않은 것 같은 느낌이 들었다.

'이럴 리가 없는데……?'

환한 보름달과 끊어질 듯 말 듯 멀리서 들리는 늑대 울음소리가 계속되고 있었다. 저 울음소리가 들려오는 곳에 무슨 일이 생겼다.

꿈에서 보았던 푸른 늑대가 그녀를 부르는 것만 같았다. 도와달라고. 와서 도와달라고.

'말도 안 되는 소리. 착각이야.'

할 줄 아는 게 뭐가 있다고. 수하는 세차게 고개를 흔들었다. 등 뒤에 있는 침대에 알렉스는 이미 곤하게 잠들어 있었다.

혹시 불안하여 이리저리 서성이다 알렉스를 깨울까 봐 수하는 아예 방 바깥으로 나갔다. 목덜미를 타고 흐르는 섬뜩한 불안감은 털어내려 해도 사라지지 않는다.

이상한 일이었다. 너무 이상했다. 한 번도 안 겪어본 일인데, 마음속에서 누군가가 속삭이고 있었다.

가.

어떻게? 어디로? 가서 뭘 할 수 있는데? 친구들의 발목이나 붙잡지 않으면 다행이지.

할 수 있어.

드셀리스 아카데미로 전학 오지 말았어야 했던 걸까. 이해할 수 없는 꿈을 꾸고, 설명할 수 없는 기분에 시달리고 있다.

수하는 사람이 없는 끄트머리 계단으로 나와 보름달을 자꾸만 바라보았다. 헬리든, 솔론이든, 누구든 답장을 해주지 않으면 아마 오늘 밤은 잠들 수 없을 거다.

아니, 잠든다고 해도 안개가 되어 어떻게든 그들에게로 가서 무슨 일인지, 다치지는 않았는지 확인하려고 하지 않을까.

'차라리 지금 안개가 될 수 있다면 좋을 텐데.'

혹시 선샤인 시티 스쿨 주전들과 기어이 싸움이 난 건 아닐까. 아예 작정하고 간 모양이던데.

가서 어쩌면 푸른 늑대와 만날지도 모른다. 그러면 적어도 반가워하며 꼭 안아줄 수는 있을 텐데. 그건 할 수 있을 텐데.

내 친구들에게 함부로 굴지 말라며 소리는 지를 수 있을 텐데.

'⋯⋯어?'

할 수 있는 행동을 떠올린 순간이었다. 수하는 어느새 자신의 몸이 붕 뜨더니 그대로 단숨에 기숙사 벽을 통과해버렸다는 사실을 깨달았다.

"어어어?"

시원한 바닷바람이 한껏 가벼워진 그녀를 어디론가 훅 불어냈다. 기숙사 3층에서 밤하늘로 스며버린 수하는 비명을 질렀다.

"이, 이게 왜 갑자기 이렇게 되는 건데!"

그렇게 용을 써도 안 되던 게 왜 이제야 되는 건데! 간절히 바라는 것도 해봤고, 열심히 잠도 잤지만 마음대로 안 되는 게 왜 지금 되는 건데!

진짜 치사하고 짜증은 나는데 멀쩡한 맨정신으로도 제어가 가능하다는 게 신기하기도 했다. 소리를 지르고 버둥대도 그녀는 완전한 안개였다.

'어디로, 어디로 가지? 아. 그래.'

당황했던 마음이 순식간에 가라앉았다. 그녀는 목적지를 알고 있다. 그냥 알았다.

뱀파이어 소년들이 있는 곳으로 안개와 바람이 그녀를 데려다줄 것이다. 수하를 끊임없이 불러대고 있는 소년들의 외침과 바람이 가득한 곳에 도착할 것이다.

수하는 말 그대로 밤하늘을 날고 있었다.

사람들과 불빛으로 빛나는 리버필드 시를 순식간에 지나 어디론가 달려갔다. 시 끄트머리에 있는, 불빛도 없는 곳이었다. 가까워지면 가까워질수록 느껴지는 존재감이 선명했다.

"크아아아악!"

끔찍한 비명과 타는 냄새, 그리고 여기저기에서 솟구치는 불이 가득한 숲속은 섬뜩하기만 했다.

수하는 본능적으로 이곳에 있어선 안 된다는 걸 깨달았다. 동시에 하나를 더 알아차렸다.

있어선 안 되는 곳에 있는 뱀파이어 소년들은 뭐란 말인가.

"저 늑대부터 잡아!"

한 번도 들어보지 못했던 사납고 낯선 목소리가 하급 뱀파이어들 사이에서 터져 나왔다.

수하는 눈을 들어 '저 늑대'를 찾았다. 아. 그래. 저기에 있었다. 꿈에서 봤던 푸른 늑대가 달빛을 받아 피투성이가 된 몸을 고스란히 내보인 채 달려드는 하급 뱀파이어들을 향해 이를 드러내고 있었다.

늑대에게로 몰려가는 하급 뱀파이어들이 새카맣게 많다. 이쯤이면 앞뒤 잴 것도 없었다. 수하는 주먹부터 내질렀다.

쾅!

솔론은 제 앞에 당도하기 무섭게 우수수 날아가는 하급 뱀파이어들을 놀란 눈으로 쳐다보았다.

그리고 그들과 그의 사이를 막고 있는 작고 호리호리한 여자애를 더 놀라 쳐다보았다.

"누굴 건드려, 이 나쁜 놈들아!"

바락바락 소리를 지르며 화가 머리끝까지 난 수하가 뱀파이어들을 말 그대로 허공에 '날려버리기' 시작했다.

제 18화

보름달
part 9

쾅, 하고 손만 대면 하급 뱀파이어들을 날려버리는 수하를 본 이안이 혀를 내둘렀다.

저건 근력으로 내던지는 게 아니라 차라리 염력에 가까웠다.

한창 전투 중일 때 한복판에 뚝 떨어진 그녀는 반복되는 살육에 지친 늑대인간 소년들과 뱀파이어 소년들의 분위기를 반전시키고 활력을 불어넣었다.

"야, 여기가 어디라고 와!"

기가 막힌 솔론이 수하에게 덤벼드는 뱀파이어들을 치워내며 소리를 질렀다.

그는 갑자기 나타난 수하 때문에 너무 놀란 나머지 자신이 푸른 늑대 모습을 하고 있다는 것도 잊었다.

"나라고 오고 싶었는 줄 알아? 그러게 빨리 끝냈어야지, 왜 내가 올 때까지 맞고만 있어!"

"누가 언제 맞고만 있었다고 그래!"

"지금도 맞고 있잖아!"

그녀도 이런 상황일 줄은 상상도 못 했기에 너무 당황스러워서 목소리가 더 커졌다.

"맞는 거 아니거든! 그리고 넌 자다가 이런 델 오냐!"

"자다가 온 거 아니거든! 멀쩡하게 제정신으로 깨어 있다가 왔거든!"

쾅, 쾅, 하고 부딪치는 소리는 요란한데 둘이서 왁왁대며 말싸움을 하는 소리 역시 그 주변에 있던 소년들이 선명하게 들을 정도로 컸다.

"……이야, 쟤네 잘 싸우네……."

기가 막힌 지노가 중얼거렸다.

"말싸움? 아니면 그냥 싸움?"

마침 지나가던 자카가 휙 멈춰 서서 물었다. 갑자기 툭 나타나서 기겁할 법도 했지만, 지노는 이미 자카가 늘 불쑥 나타나는 것에 익숙했기에 태연히 대답했다.

"둘 다."

"그럼 멀쩡하게 제정신이면 더더욱 오면 안 되는 거지! 그게 제정신인 거냐!"

"네가 날더러 본능을 따라오라며! 연습할 때 시킨 대로 잘 했는데 왜 성질이야! 기껏 도와주러 왔더니!"

자카는 솔론과 수하를 한동안 바라보다가 감탄했다.

"그러게. 진짜 잘 싸우네."

입은 놀리면서도 몸까지 빠르게 움직인다. 게다가 수하가 등장하자마자 눈이 뒤집힌 사람이 하나 더 있었다.

"너……!"

어떻게든 가로막는 놈들을 모조리 베어내고 수하의 곁으로 달려온 헬리가 말을 잇지 못했다.

"아, 안녕……."

뭐라고 말해야 하지? 창백한 헬리의 표정을 보자마자 수하는 할 말을 잃고 말았다.

분명히 솔론을 상대로는 짜증도 내고 할 말을 다 했는데, '네가 여기 있으면 어떡하냐'는 절망 어린 헬리의 표정을 보니 목소리가 쑥 들어가 버렸다.

일단 달려드는 하급 뱀파이어를 휙 때려 날려버린 수하는 헬리 앞에서 정말 어쩔 줄을 몰라 했다. 하얗게 질려서 공황이 온 사람처럼 그녀를 보는 헬리가 낯설고도 안쓰러워 보였다.

"나, 나 괜찮은데."

안녕! 오늘 날씨가 참 좋네! 너는 오늘도 참 잘생겼구나! 여긴 좀 시끄럽다, 그치? 뭐 이런 멍청한 말밖에 생각이 나지 않아, 수하는 딱 거기까지만 말하고 입을 다물기로 했다.

어색해질 말을 하느니 차라리 나쁜 사람들이 분명해 보이는 쪽을 상대하는 게 낫지.

하지만 그녀가 손을 뻗기도 전에 헬리의 검이 훨씬 더 빠르게 움직였다.

"으윽……!"

비명소리도 내지 못하고 숨만 급하게 들이쉰 하급 뱀파이어가 비틀거리며 쓰러졌다.

"다시 돌아갈 수 있겠어?"

걱정이 가득해 파르르 떨리는 목소리는 이미 헬리답지 않게 잔뜩 흐트러졌다.

"그건 좀……."

돌아갈 틈도 없었고, 돌아갈 생각도 솔직히 없었다. 걱정이 너무 커져서 오게 된 건데 돌아가라니. 가능할 리가 없었다.

"그래."

헬리는 수하 곁에 바짝 붙어 그녀를 보호하며 고개를 끄덕였다.

"알겠어."

네가 무슨 말을 하는지, 뭘 원하는지 알겠어. 그는 그것만으로도 충분하다는 듯 더 이상 묻지 않았다.

어떻게 온 거냐, 왜 왔냐, 이런저런 이야기는 하지 않았다. 그저 하얗게 질린 얼굴을 하고 그녀의 곁에서 결코 떨어지지 않았다. 그리고 더 필사적으로 하급 뱀파이어들을 죽였다.

갑자기 나타난 수하 때문에 삽시간에 분위기가 바뀌었다.

'……묻고 싶은 말은 저 늑대가 대신 다 해줬네.'

칸은 솔론을 쳐다보며 잠시 생각했다.

'물론 쟤가 우리 애인지 저쪽 애인지는 모르겠지만.'

지금 이곳에 눈으로 보이는 늑대들은 칸을 제외하고 넷이다.

그중 푸른 늑대를 제외하곤 당연히 선샤인 시티 스쿨 주전들인데, 그들은 지금 열심히 칸을 곁눈질하는 중이었다.

'형. 쟤 뭔데?'

'뱀파이어라며!'

눈으로 열심히 묻는 동생들은 저들과 똑같은 푸른 늑대를, 뱀파이어 냄새가 나는 늑대를 힐끔힐끔 보며 하급 뱀파이어들을 때려잡고 있었다.

정작 보름밤임에도 불구하고 여전히 인간의 모습인 칸 역시 뭐가 뭔지 확실히는 몰랐다.

게다가 이젠 뱀파이어나 늑대인간의 냄새조차 나지 않는 평범한 수하까지 허공에서 솟아났으니, 점점 그들이 이해할 수 없는 일만 늘어간다.

쾅!

하지만 분명한 건, 지금 막 합류한 저 여자애가 제일 경쾌하고 빠르며, 또 망설임 없이 싸우고 있다는 사실이었다.

바짝 약이 오른 그녀를 보호하려 겹겹이 둘러싼 뱀파이어 소년들도 덕분에 잃었던 활기를 되찾았다.

"어어……, 이거 정리가 되는 것 같은데."

칸은 앞을 바라보며 가늠했다. 새까맣게 몰렸던 하급 뱀파이어들도 몇몇은 사로잡히고, 또 몇몇은 도망치고 있었다.

이탈자가 생기면 구멍이 뚫리는 거나 다름없다. 그 구멍으로 인해 무너지는 거니까.

자카가 빠르게 움직이며 시온과 함께 도망가는 놈들까지

붙잡아 오고 있었다.

함정을 팠다면 책임을 져야지. 어느 쪽이 죽든, 이곳은 무덤
이었다.

☾

싸움이 아니라 전투라고 할 일이 끝이 나자, 이미 시간은 자
정을 넘었고 소년들의 몰골은 어마어마했다.

머리를 질끈 묶은 수하는 아직까지도 화가 나서 씨근덕거리
고 있었다.

"그만해. 괜찮아, 이제."

반은 화고, 반은 충격에 혹시나 또 어디선가 공격을 받을까
봐 자꾸만 두리번거리는 수하를 헬리가 끌어당겨 뺨을 문질
렀다.

깜짝 놀란 그녀가 얼른 얼굴을 뒤로 뺐다. 왜, 왜? 왜 얼굴을
만지려는 건데?

"묻었어."

헬리는 뺨을 가리켰다.

"피."

"너, 너, 너도 묻었어. 너, 너나 빨리 닦아."

괜히 얼굴이 빨개진 수하는 고개를 틀었다. 하지만 헬리가 바짝 가까이 다가왔다.

"어디 묻었는데?"

물어보며 제 뺨을 댄다.

"여, 여기."

"안 보여. 닦아줘."

눈을 감고 아예 얌전히 수하가 닦아주기만을 기다린다.

얘는 무슨 남자애가 이렇게 속눈썹도 길고 콧대는 곧고 피부에서는 반짝반짝 빛이 나냐.

"빨리."

"손 더러운데."

"상관없어. 닦아줘."

어쩔 수 없이 헬리의 부드러운 얼굴을 문질러 닦아주었다. 그는 무슨 생각인지 얌전하게 앉아서 그녀가 해주는 대로 가만히 있기만 했다.

"저놈들 대충 다 묶어놨어. 아, 찝찝해. 가서 샤워하고 싶어."

이안이 짜증을 내며 이쪽으로 걸어왔다.

"했어?"

"어, 했어. 가자."

이안이 턱짓을 하며 기다리자 헬리는 자리에서 일어났다.

"잠깐만 여기에 있어. 금방 돌아올 테니까. 끝났다고 또 사라지면 안 돼."

"안 그래."

"너 말만 그렇게 하고 지금 안개로 또 변할 생각만 하는 거 얼굴에 다 티나."

수하는 대답 대신 눈동자를 떼구르르 굴렸다. 예리하긴!

"솔론은 네 뒤쪽에 있어. 난 살펴봐야 할 게 있으니까, 수하 네가 궁금하면 먼저 가봐."

나무가 울창하게 서 있는 뒤쪽을 가리킨 헬리는 이안을 따라갔다.

뒤에 남은 수하는 그가 만졌던 뺨이 화끈거려 한동안 아무런 생각도 할 수 없었다.

무슨 애가 그렇게 무방비하게 다정해? 이유가 없는 다정은 유죄랬다! 고소해야 한다고 했다고!

"야."

"악!"

뒤에서 부르는 소리에 기겁을 한 수하가 주먹을 치켜들며 빠르게 돌아섰다. 뜻밖에도 눈을 둥그렇게 뜬 푸른 늑대가 거대한 몸집을 자랑하며 서 있었다.

"놀랐냐? 미안해. 그러니까 때리지 마. 맞으면 나 날아가."

"……네가 날아가는 게 아니라 내 팔이 부러지겠지."

놀래라. 수하는 숨을 내쉬며 주먹을 내렸다.

"아니, 진짜 내가 날아가. 네가 때리니까 하급 뱀파이어가 한꺼번에 셋씩 날아가더라."

와, 무서워 죽는 줄. 성의 없이 중얼거린 솔론은 수하의 곁에 털썩 앉았다.

"내가 좀 힘이 세긴 하지만 그건 아니다. 너 지금 무지 커. 늑대들은 다 큰가 봐."

"크지."

수하는 그를 힐끔거렸다.

"왜, 뭐?"

"……만져봐도 돼?"

푸른 늑대는 그녀를 이상하다는 듯 바라보았다.

"왜?"

"너는 겁도 안 나냐?"

"겁이 왜 나?"

"아니⋯⋯."

알던 사람이 갑자기 늑대로 변했는데 아무렇지도 않나.

하긴, 수하는 첫눈에 '아, 쟤가 솔론이구나'라고 알아봤으니, 이미 아무렇지도 않은 거였다.

"내가 너 무서워해야 해?"

내가? 너를? 푸웁, 하고 비웃는 표정에 솔론은 심각하게 생각하다가 발끈했다.

"아, 됐다! 됐어! 남은 기껏 섬세하게 걱정해주는데 그것도 모르고⋯⋯!"

"그것도 모르고오, 어쩌라고오, 그래서 만져도 되냐고 안 되냐고오."

"아, 만져! 만져! 만지지 말라고 해도 만질 거면서!"

"뭐래. 만지지 말라고 하면 안 만지지. 근데 너 생각보다 엄청 털이 부드럽네?"

기껏 만지게 해주니까 신이 나서 쓰다듬어 보더니 기껏 한다는 말이 저거다.

"뭐야. 그럼 부드럽지 않을 줄 알았단 말이야?"

"어. 네 성격처럼 뻣뻣하고 억셀 줄 알았어. 아, 이쪽은 역시

네 성격을 닮았네. 응."

"만지지 마!"

"이미 손 뗐네요."

"계속 만지고 있, 어?"

고개를 확 돌린 솔론은 그를 쓰다듬고 있던 노아를 발견했다. 노아가 고개를 들더니 눈을 마주치곤 난감하다는 듯이 웃었다.

"나는 부드럽다고 생각하는데."

"어, 아니야. 등에서 꼬리 쪽은 엄청 억세."

수하가 노아의 말에 고개를 흔들었다.

"응? 그러게. 이쪽은 뻣뻣하네."

"뭐야, 나도 만질래."

"시온 너는 왜 오는데!"

푸른 늑대 주변이 상당히 시끄러운 동안, 헬리는 간신히 생포한 하급 뱀파이어들을 물끄러미 보고 있었다. 아무 말도 하지 않은 채 서늘한 시선으로 그들을 하나하나 살폈다.

"……그래서, 리버필드 시에 있는 늑대인간들을 다 사냥한 다음에는……"

저놈이 뭐 하는 건가, 하고 바라보던 칸이 헬리가 중얼거리는 말에 움찔거렸다.

늑대인간 사냥이 첫 번째 목표였다는 걸 알고는 있었지만, 새삼스럽게 확인했다.

"뭘 찾는 거였다고?"

하급 뱀파이어들은 대답하지 않고 움찔거리기만 했다.

헬리가 굳이 입을 열어 말한 건 이들의 사고회로를 쫓아가기 위함이었다.

현재 하고 있는 생각밖에 읽을 수 없으니, 계속 장작을 집어넣고 불쏘시개로 쑤셔 원하는 생각이 나올 때까지 불을 지펴야 했다.

한두 마디 툭툭 하면, 이들은 알아서 머리를 굴린다. 그때 읽어내면 되는 것이다.

"……뭘 찾아?"

가만히 보고 있던 자카는 확 가라앉는 헬리의 목소리에 깜짝 놀라 형을 바라보았다.

"찾아서, 어디로?"

묻는 헬리의 목소리가 점점 가라앉다 못해 냉기가 파랗게 서리기 시작했다.

자카는 하늘을 올려다보다 칸과 눈이 마주쳤다.

동생들은 다 늑대가 되었으나 정작 늑대가 되지 않은 늑대 인간은 어쩌면 자카와 같은 생각을 하고 있나 보다.

이 밤의 끝은 어디일까. 언제 끝날까. 평화로워질 수는 있을 까?

제 19 화

보름달
part 10

그날 밤에는 아주 많은 일이 일어났다. 소년들은 하급 뱀파이어들의 시체를 처리해 숨겼고, 그 와중에 헬리와 칸은 내키지 않지만 서로 머리를 맞댔다.

알고 있던 사실과 알아낸 사실을 조합하여 더 큰 그림을 보았고, 수하는 약간 떨리는 몸으로 뱀파이어 소년들과 함께 돌아갔다.

그중 그 누구도 솔론에 대해서는 입도 뻥긋하지 않았다.

"일단 여기서 씻어. 옷은 이걸로 갈아입고."

엉겁결에 뱀파이어 소년들이 머무는 곳으로 와버린 수하는 주춤거리며 헬리를 바라보았다.

"괜찮은데, 나 안개로 변해서 얼른 기숙사 화장실로 들어가면 되는데……."

피가 묻은 엄청난 몰골이지만 안개로 변한다면 사람들의 눈에 띄지 않게 기숙사로 돌아갈 수 있었다. 곧장 씻으면 되지 않나?

하지만 헬리는 고개를 저었다.

"다 모여서 할 말이 있어. 너도 있어야 해. 이거 내 옷인데, 좀 크겠지만 접어 입어. 필요한 건 저기 다 있으니까 쓰면 되고. 천천히 하고 나와."

샴푸며 이런저런 제품들이 즐비한 선반을 가리킨 헬리가 문을 닫고 나갔다.

"……좀 큰 게 아니라 많이 큰데……."

씻고 나서 입어 보니 몇 번이나 접어야 하고, 허리는 헐렁해서 붙잡아 묶어야 했다.

수하는 어기적어기적 바깥으로 나갔다. 헬리의 키가 워낙 크니 기장이 보통 긴 바지가 아니었다.

"다 입었……."

"이거 너무 커."

어느새 뽀송해진 헬리가 그녀를 기다리고 있었다. 몇 번 접고도 질질 끌리는 바지 때문에 어기적거리니 그는 얼른 몸을 숙여 하나하나 더 접어주기 시작했다.

"반팔인데 어깨가 진짜 커. 너보다 사이즈 작은 애 없어?"

"다 거기서 거기라. 미안."

"아냐. 빌려줘서 고마워."

그가 하나하나 섬세하게 챙겨주는 걸 보곤 괜히 발가락을 꼼지락거린 수하는 고개를 세차게 흔들었다.

"어때, 좀 걸을 만해?"

"으응."

고개를 끄덕이니 그가 햇살처럼 웃었다. 그 미소에 가슴께가 간지러웠다.

"그럼 가자."

"저기."

응? 헬리는 걸음을 내딛다 말고 도로 수하를 돌아보았다.

"오늘 놀라게 해서 미안해."

단둘이 있을 때 얼른 사과해놔야 했다.

"갑자기 나타나서 놀랐지? 나도 절대로 올 생각은 없었는데, 그게 어쩌다 보니까……. 그냥 그렇게 됐어. 미안해."

괜히 그의 티셔츠 자락을 잡고 우물쭈물 말하자 그가 그녀를 내려다보더니 픽 웃었다.

"어쩌다 보니까 오게 된 거야?"

"으, 응."

"어쩌다, 어떻게?"

애들이 기다리는 거 아닌가? 가봐야 하지 않나? 하지만 헬리는 수하가 대답할 때까지 움직일 생각이 없어 보였다.

"막 불안하고 걱정이 되어서 잠이 안 오는데……, 늑대 소리가 들렸거든."

"아, 날 걱정한 거구나."

"어? 어, 그러니까, 다 걱정했는데."

"응. 날 걱정해서 안개로 변하는 데 성공한 거네."

수하는 멋대로 말을 해석하는 헬리를 의아해하며 바라보았다.

그는 좀 더 거리를 좁힌 뒤, 고개를 푹 숙였다. 수하의 좁은 어깨에 그의 이마가 닿았다.

"그러니까 미안하다고 할 거 없어."

순식간에 헬리의 목소리에는 지친 피로감이 묵직하게 드러났다.

"도와주러 온 건데 뭐가 미안해."

비행기를 타고 멀리 갔다 온 다음에 곧장 끔찍한 전투까지 벌였으니 육체적 피로뿐만 아니라 정신적인 충격까지 쌓였을 거다.

"난 네 덕에 살 것 같은데."

헬리에게선 방금 수하가 쓰고 나온 샴푸와 바디워시 향이 똑같이 났다.

어깨가 괜히 바르르 떨리고 너무 크게 뛰기 시작해서, 수하의 귀까지 내리치고 있는 심장 고동 소리가 헬리에게 들릴까 봐 겁이 더럭 났다.

수하는 꼼짝없이 굳어서 미동도 하지 못했다. 평온하게 몸을 다시 일으킨 그는 무슨 일이 있었냐는 듯, 평온하게 말했다.

"가자."

수하는 대답도 하지 못하고 얼굴이 빨개져서 그를 따라 타박타박 걸어갔다. 제대로 접힌 바지는 더 이상 바닥에 질질 끌리지 않았다.

"으어……."

거실에 가보니 두터운 커튼이 잔뜩 쳐져 있었다. 달빛이 들어올 틈새를 꼭꼭 막은 게 분명했다.

소년들은 이미 씻고 나와서 이리저리 제멋대로 널브러져 있었다. 솔론도 원래 모습으로 돌아와서 소파에 주저앉아 있었다. 나이트볼 연습을 하고 나서도 멀쩡하던 소년들이 이렇게 피곤해하며 뻗은 건 수하도 처음 봤다.

"여기 앉아."

수하는 소년들이 대충 치워주는 자리에 털썩 앉았다.

"지금 몇 시야?"

"……세 시 넘었어."

"아……."

누가 무슨 말을 하는지도 모르겠다. 다 죽어가는 목소리가 소년들 사이에서 잠시 들려왔다가 사라질 뿐이다. 지치고, 또 충격도 받은 소년들을 정신 차리게 하는 건 역시 헬리밖에 없었다.

"……하급 뱀파이어들은 저들끼리 드리프터라고 부르더라고."

그의 조용한 목소리에 자카가 고개를 들었다.

"드리프터?"

"어. 이름이 있었어. 그 정도의 힘을 가지고, 낮에는 활동 못하는 뱀파이어들. 우리가 여태까지 하급 뱀파이어라고 대충 이름 붙였던 딱 그 정도의 뱀파이어들 말이야."

"……체계적인데."

자카는 잠시 천장을 쳐다보며 중얼거렸다.

"계급을 나눴다는 얘기네. 그럼 드리프터 위에 또 다른 상급 뱀파이어들이 있을 거라는 뜻이잖아."

"그렇지."

헬리는 고개를 끄덕였다.

"아무래도 그 상급 뱀파이어들이 지시를 내린 것 같아. 그래서 리버필드 시에 출몰했던 거고."

모두 아무 말도 하지 않고 헬리가 중얼거리는 소리를 들었다.

"뭔가를……, 찾고 있었어. 그러면서도 겸사겸사 사람들을 사냥해서 흡혈을 했고. 그러다 자꾸 하급 뱀파이어, 그러니까 드리프터들이 사망하니까 늑대인간들의 짓이라고 판단하고 오늘 늑대인간들을 싹 잡으려고 했던 거야."

드리프터, 드리프터. 헬리는 입에 맞지 않는 낯선 단어를 괜히 혀 위에서 굴려보았다.

"어차피 보름이니 늑대 구분하기가 더 쉬워질 테니까, 나머지는…… 너희들도 예상했다시피 머릿수로 이기려고 했던 거고."

오늘 일은 대충 그렇게 된 일이었다.

"우리가 끼어들 줄은 몰랐다는 거네. 우리가 리버필드 시에 있다는 건 전혀 눈치채지 못한 거야?"

늦대인간들이 아니라 뱀파이어들이 있다는 건 몰랐나. 지노
는 그게 궁금했다.

"뭐가 있다는 건 알았는데 그게 늑대인간이지 뱀파이어라고
생각하진 못한 모양이야."

잠깐. 가만히 듣고 있던 솔론이 푹 숙이고 있던 고개를 번쩍
치켜들었다.

"그럼 여기 와서 뭘 찾고 있었던 거야?"

그 정도나 되는 인원을 밀어 넣어 늑대인간들까지 싹 치워내
고, 마음 놓고 리버필드 시에서 날뛰어가며 찾으려던 게 뭔데?

순식간에 소년들의 얼굴이 확 굳었다.

산 넘어 산이다. 하나를 해결하면 더 큰 게 뒤에서 기다리고
있는 기분이다.

"우리야?"

공허한 침묵 끝에 시온이 조심스럽게 물었다. 설마 우리인
가.

"……보육원에서도 계속 순찰을 돌던 놈들이 있었다며."

사람이 다 죽어서 건물까지 무너진 곳을 계속 순찰할 이유
가 뭐겠는가.

보육원에서 빠져나가 살아남은 누군가가 존재하고, 혹시 돌아올지도 모른다는 걸 상대가 알고 있었다는 뜻이다.

"우리를 계속 추적하고 있었던 거야?"

묻는 목소리가 떨렸다.

"아니."

헬리는 황급하게 부정했지만, 그들이 무엇을 추적하고 있는지 쉽게 입이 떨어지지 않았다. 그의 서늘한 시선은 어느새 쿠션을 안고 꾸벅꾸벅 졸고 있는 수하에게로 갔다.

"여자를 찾고 있었어."

대충 말려서 아직까지 젖어 있는 머리카락이 흩어졌고, 그녀는 점점 깊은 잠에 빠져들었다.

"다른 사람 눈에 띌 정도로 특별한 능력을 가진 여자."

"……그게 다야? 고작 그것만 가지고 사람을 찾지는 않았을 거 아냐."

자카의 지적에 헬리는 고개를 저었다.

"그게 다야."

젊은지, 늙었는지, 인종도 외모도 전혀 모르지만, 드리프터라 하는 이들은 그런 지시를 받고 리버필드 시를 몇 달째 샅샅이 뒤지고 있었다.

소년들은 하루 치 체력을 완전히 소진하고 쌕쌕 숨소리를 내고 있는 '특별한 능력을 가진 여자애'를 보며 할 말을 잃었다.

C

평범한 고등학교 생활이란 도대체 어떤 것일까. 수하는 꾸벅꾸벅 졸다가 선생님께 한소리를 듣곤 생각했다.

평범한 게 원래 제일 어려운 거야.

펑펑 울던 딸에게 엄마는 그렇게 말했다.

그러니까 어려운 걸 굳이 애써가면서 할 필요는 없어.

음. 엄마 말이 맞는 것 같다. 수하에게 평범하게 사는 건 하늘에 떠 있는 별을 따오는 것보다 훨씬 더 어려웠다.
'이 나이에 전투가 말이 되냐, 전투가······.'
하지만 생각보다 충격은 덜했다. 멋도 모르고 잠든 뒤 안개가 되어 헤매고 다니던 시절부터 보지 말아야 할 장면들을 너무 많이 봐서 그런가. 아니면 연약한 인간이 아니란 걸 너무 잘 알았기에 망설임 없이 주먹을 내지를 수 있어서 그런가.

아무튼 충격에 빠져 덜덜 떨지는 않았다. 다만, 밤을 새워서 너무 피곤하고 졸렸다.

"수하야."

졸려. 피곤해. 자고 싶어. 이런 생각만 하고 걸어가던 수하를 불러 세운 다정한 목소리에 그녀는 고개를 돌렸다. 주머니에 손을 꽂아 넣은 헬리가 서 있었다.

눈이 마주치자마자 그는 기가 막히다는 표정을 지으며 빠르게 다가왔다.

"수하야, 눈 좀 떠봐. 데리러 오지 않았으면 큰일 날 뻔했네."

"나 눈 떴어……. 눈 떴다고."

그녀는 눈에 잔뜩 힘을 주며 밀어 올렸다.

"이거 봐, 눈 떴잖아."

"음. 눈썹이 잘 올라갔네. 눈은 여전히 못 뜨고 있고."

헬리는 쓴웃음을 지었다.

"대충 떠도 오늘 지장 없게 잘 살았어."

"밥은 먹었어?"

"밥……."

수하가 걸음을 우뚝 멈췄다.

"먹었나……?"

헬리는 한숨을 쉬곤 그녀에게 손을 내밀었다.

"어엉?"

"잡아. 밥 먹으러 가자고."

"아니, 내가 아무리 잠에 취했어도 제정신이야. 남들 다 보는 데서 네 손을 잡는 위험한 짓을 할 수는 없다. 절대로. 안 돼."

수하가 고개를 천천히 저으며 그에게서 한 걸음 더 떨어졌다.

"아, 너 평소에 그렇게 생각하고 있었구나."

잠에 취했더니 속에 있는 말이 필터링 없이 그냥 툭 나오는 거다. 헬리는 곧장 눈치채고 웃었다.

"가시죠, 선배님. 가세요."

헬리는 어서 가자고 손짓하는 수하를 힐끗 보더니 못 이기는 척 먼저 걸음을 옮겼다.

그들은 적당한 거리를 유지하면서도 나란히 걸었다. 아니, 졸려서 천천히 걷는 수하의 보폭을 헬리가 맞춰 주고 있었다.

"밥은 먹어야 해. 밥맛이 없어도 억지로라도 꽉꽉 채워서 먹어야 해."

수하는 흐린 눈을 간신히 뜨며 헬리를 쳐다보았다.

"애들도 다 먹기 싫다고 하고, 나도 별생각 없었는데 그래도 먹었어. 냉장고가 텅텅 비어서 집에 먹을 게 하나도 없어."

그러니까, 피를 보관하는 냉장고 말이다. 어쨌든 오늘도 변함없이 리버필드 시는 날씨가 좋고, 사람들은 웃으면서 걸어간다. 여유가 넘치는 휴양도시에서 어젯밤 겪지 말아야 할 일을 겪어버린 소년과 소녀는 애써 일상적인 이야기를 했다.

"장 봐야겠네."

"그것도 그런데, 너도 잘 먹어야 한다고."

헬리는 똑바로 수하를 쳐다보았다.

"끼니 거르지 말고 먹어. 먹기 싫어도 먹다 보면 정신없이 먹게 되어 있다는 뜻이야. 그러니까 냉장고가 텅텅 비었지."

안 마시겠다고 하던 시온이 슬그머니 왔다 갔다 하더니 어마어마한 양의 피를 다 마셔버린 걸로 끝났다.

소년들은 마셨다. 냉장고가 텅 빌 때까지 마시고, 마시고, 또 마셔서 충격과 피로로 지친 몸을 가득 채웠다.

"잘 먹어. 잘 자고."

그리고 새벽에 자느라 듣지 못한 소식을 듣고 놀라지 않을 만큼 용감하고 씩씩해져야 한다.

"나 완전 잘 먹는데……."

헬리는 그가 하는 말을 아직까지 알아듣지 못한 수하를 바라보았다. 소년들 중 그 누구도 입 밖에 내지는 않았지만, 그는 이미 마음을 정했다.

"뭐 먹지……?"

졸려. 눈가를 문지르는 수하는 여전히 평온해 보였다.

그래. 다행이다. 만일 드리프터들이 노리는 특별한 여자가 결국 수하라면, 그는 무슨 수를 써서라도 저 평온을 지켜낼 거다.

제 20 화

보름달
part 11

만난 지 얼마 되지도 않는 여자애를 지키겠다고 결심하는 건 불같은 사랑에 빠진 소년이나 가능한 짓이었다.

하물며 헬리는 영원히 시간에 박제된 소년 뱀파이어지만, 섣불리 낯선 이에게 목숨을 걸지는 않았다. 그런 성격도 아니었고, 그가 목숨을 걸 대상은 형제들만으로도 충분히 많았다.

하지만 그는 그 대상에 기꺼이 한 명을 더 추가하기로 했다. 한마디로 미친 짓이었다.

"……특별한 능력을 가진 여자를 찾는다고?"

일단 잔뜩 맛있는 걸 먹여놓고 소화까지 시킨 뒤, 후식을 또 쥐여주고 느릿하게 말을 꺼냈다.

쪼로록 사과주스에 빨대를 꽂고 마시던 수하의 눈이 동그래졌다.

"저거나 다 마시고나 말하지……."

굳이 그걸 지금 얘기해야 하나. 이안이 미간을 찌푸리며 헬리를 쳐다보았지만, 헬리는 주머니에서 소화제를 꺼내 수하 앞에 밀어 둘 뿐이었다. 철저하긴.

"그거 완전 난데."

물을 마시다 뿜을 뻔한 이안은 간신히 참았고, 미간을 찌푸린 노아가 그의 등을 퍽퍽 두드렸다.

"야, 넌 아무렇지도 않냐?"

태연한 반응에 기가 막힌 건 이안뿐만이 아니라서, 솔론도 어이가 없다는 듯 물었다.

"그런 놈들이 널 찾고 있다는데 겁도 안 나?"

"어, 음……. 너희가 안 도와준다면 겁이 나겠지만 어제 같이 싸웠으니까 해볼 만하다는 생각도 드는……, 근데 그럼 어떻게 되는 거야?"

"실감이 안 나는 거네."

가만 듣던 헬리가 웃으면서 결론을 내리자 수하는 고개를 끄덕였다.

"어. 사실 잘 모르겠어."

장난을 하는 것도 아니고, 가볍게 생각하는 것도 아니다. 하지만 엄청난 일이 자꾸 연속으로 생겨버리니 소화할 게 너무 많아졌다.

여태까지는 그저 안개가 되는 것에만 성공하자고, 그 뒤는 생각하는 것마저 접고 있었는데 드리프터가 뭐가 어쨌다고?

"그럼 그냥 내버려둬."

헬리는 조용히 말하며 몸을 뒤로 기울여 등받이에 기댔다.

"실감도 안 나는 걸 이해하려고 노력해봤자 실제로 부딪칠 때까지는 안 돼. 안 그래도 여태까지 힘내서 애써왔잖아. 그런데 여기에 뭘 더 얹어봤자 힘들기밖에 더하나."

그래도 결국 수하를 향해 강이 흐른다면, 수하는 그 물길을 맞이할 수밖에 없을 것이다. 소년들이 그랬듯이.

다만 걱정인 것은 수하에겐 소년들과 달리 충분한 시간이 주어지지 않았다는 점이다.

"그거 앞으로 내가 결국엔 더 힘들어질 거란 뜻 아니야……? 안 돼, 이미 입시만으로도 힘든 건 충분히 차고 넘친다고!"

수하는 어떻게 인생이 이럴 수 있냐는 표정으로 소년들을 쳐다보았지만, 모두 그 시선을 외면하거나 그녀에게 괜히 간식을 더 밀어줄 뿐이었다.

"뭐, 생각 외로 쉽게 끝날 수도 있잖아?"

지노가 머리 뒤를 양손으로 받치며 중얼거렸다.

"이번에 배후가 있다는 걸 알았잖아. 그럼 그 배후를 캐내서, 딱 해결하면. 그럼 끝 아니야?"

"그게 그렇게 쉽게 끝나겠어?"

듣고 있던 자카가 한마디 했다.

"지금 늑대인간들까지 끼어들었고, 어제 죽은 드리프터인지 하급 뱀파이어만 수십이야. 그쪽에서 가만히 있을 리도 없을 뿐더러, 애초에 왜 '특별한 능력을 지닌 여자'를 찾는지도 아직 모르잖아."

또박또박 말하며 손가락으로 꼽던 자카는 새삼스럽다는 듯 눈을 크게 떴다.

"와, 문제가 꽤 크네."

"보육원에서 나왔을 때보단 나아."

그때까지 듣고만 있던 시온이 한마디 했고, 순식간에 분위기가 가라앉고 말았다.

'······저런 이야기 내가 들어도 괜찮은 거야?'

당황한 수하는 까만 눈을 도록도록 굴렸지만, 시온은 신경 쓰지도 않고 직설적으로 말했다.

"그때는 아무것도 없고 우리만 있었잖아. 우리 중 누구 하나 죽어도 이상하지 않았어. 그런데도 여기까지 왔고."

퉁명스럽다 못해 까칠한 투로 말하던 그가 그때 갑자기 수하를 획 쳐다보았다.

"그러니까 너도 쓸데없이 걱정하지 마. 이것보다 더 심각했을 때도 겪은 사람들이 지켜주겠다잖아."

톡 쏘아붙이는 말투는 영락없이 짜증을 내는 걸로 들리는데, 내용은 전혀 아니다.

"그깟 늑대인간들이야 매일 살인사건의 배후가 우리니 어쩌니 하다가 어제 보고 바로 입 딱 다물었으니까 신경 안 써도 돼. 그런 놈들한테 관심 줄 여유가 어디 있어?"

"⋯⋯너 오랜만에 짜증 낸다?"

가만히 듣던 이안이 겨우 물을 제대로 마시며 말했다.

"듣자 듣자 하니까 스트레스만 쌓이잖아. 일이 닥치고 나서나 신경 써."

"딱 너다운 말이다, 너다운 말이야."

"그거 무슨 뜻으로 말하는 건데?"

"그냥 말 그대로인데."

금세 너도 나도 다 끼어들기 시작하면서 말들이 허공에 퍼졌다. 저마다 삼삼오오 떠들기 시작하자 헬리는 곧바로 수하에게로 시선을 돌렸다.

"괜찮아."

"……헬리 너는 꼭 그렇게 말하더라."

"내가?"

"응. 다 괜찮다, 아무 일 없다, 이렇게."

"내가 그렇게 말하고서도 안 괜찮았던 적 있어?"

화사하게 웃고 있는데 어쩐지 반박할 수가 없었다. 그게 괜히 오기를 불러서, 수하는 저도 모르게 입술을 쑥 내밀었다.

"괜찮을 거야."

"……너."

응? 헬리는 다정하게 눈으로 대답했다.

"어제 칸이랑 엄청 심각하게 얘기하던데 무슨 얘기 했어?"

다정하던 눈이 순식간에 싸늘해졌다.

"언제부터 걔 이름까지 부르는 사이가 됐어?"

"아, 말 돌리지 말고! 무슨 얘기를 한 거야? 나도 가르쳐줘. 알고 싶어."

아무리 생각해도 이 여자애를 지키겠다고 위험까지 무릅쓰는 건 비상식적인 일인데, 어쩌다가 몇 달도 채 되지 않아 여기까지 온 거지? 헬리는 아무리 생각해도 어이가 없어서 웃었다.

"그냥……. 적당히 정보교환만 했어."

C

순식간에 드리프터 수십 명이 증발해버린 일은 엄밀히 말하
자면 '일어나선 안 될 사고'였다.

사고도 보통 큰 사고가 아니었다. 늑대인간 몇 마리를 잡기
위해 리버필드 시로 동원되었던 드리프터 중 연락이 닿는 이
는 딱 하나뿐이었다.

'이게 도대체 어떻게 된 거야.'

급하게 리버필드 시로 가게 된 드리프터 바로 윗단계의 뱀파
이어, 데이비드는 미간을 시종일관 잔뜩 찌푸리고 있었다.

'윗선에서 얼마나 쪼아대겠냐고. 제기랄, 무슨 놈의 수색작
업이 이렇게…….'

연락이 겨우 닿은 드리프터는 제정신이 아니었다. 말도 제대
로 하지 못하고 덜덜 떠는 걸 윽박지르다가, 또 어르고 달래다
가, 다시 윽박질러서 겨우 어떻게 된 건지라도 토해내게 했으
나 그마저도 시원치 않았다.

나, 나도 어떻게 되었는지 모르겠어요, 데이비드.

겪은 놈이 모르면 어떻게 하라는 말인가. 차라리 리버필드 시에서 나오라고 해도 겁에 질린 드리프터는 꼼짝도 할 수가 없다 했다. 결국 데이비드가 어쩔 수 없이 리버필드 시로 직접 갈 수밖에 없었다.

'지금 밤필드 쪽에서도 시체가 나와서 윗선에서 난리인가 보던데, 이런 사소한 데에서 이렇게 큰일이 발생하면 어쩌자는 거야?'

연락이 뚝 끊어진 드리프터들이 죽었는지 살았는지, 그조차도 알 수가 없었다.

안 그래도 각지에 퍼진 드리프터들은 밤에만 활동이 가능하고, 그것도 끊임없이 흡혈하고 싶은 욕구에 시달린다는 치명적인 단점을 안고 있었기에 계속해서 이어진 수색작업은 내내 느리게 진행될 수밖에 없었다.

하나, 그 느리게 진행되었으나 백 년 가까이 진행되고 있는 수색에서 건진 건 아무것도 없었다.

'건진 게 없다고 내내 지랄인데 드리프터 수십이 실종이라

니.'

리버필드에만 갔다 하면 드리프터들 대부분이 사라져서 아무리 봐도 늑대인간 무리가 하나 이상 있다 싶어 보낸 건데, 이것들이 다 사라졌다고?

데이비드가 인간이었다면 이쯤에서 식은땀을 줄줄 흘렸을 거다.

'살아 있는 놈 하나만 건져서 나오고 무조건 빠진다. 이건 무조건 빠져야 해. 아니면 나도 죽어.'

기껏 뱀파이어가 되었고, 드리프터들보다는 그나마 나은 삶을 살고 있는데 여기에서 개죽음당하고 싶지는 않았다.

데이비드는 드리프터들이 활동하지 않아 늑대인간들의 경계가 느슨해지는 대낮에 서둘러 이동했다. 물론 그도 햇빛이 치명적이지만, 그나마 드리프터들보다는 나았다.

공황에 빠져 덜덜 떨며 연락한 생존자에게서 얻어낸 건 리버필드 시 외곽에 위치한, 그림자가 아주 많이 지는 접선 장소와 시간뿐이었다.

'번거롭고 귀찮게 하기는.'

마음에 들지 않았으나, 그에게는 이 사건을 제대로 조사하고 누가 감히 드리프터들을 몰살했는지 알아내야 하는 의무가 있었다.

'……하긴 범상치 않은 일이긴 해.'

늑대인간들은 이미 그들이 씨를 말렸다. 한둘 정도 남아 있다는 이야기가 들릴 때마다 가서 잡아 죽였다.

그런데 이번에 드리프터들이 수십이나 연락이 끊어졌다면, 이건 상부에서도 당연히 뒤집어질 일이었다. 망할.

데이비드는 이리저리 머리를 굴리며 이 일에서 어떻게 빠져나갈지 고민했지만, 뾰족한 수가 없었다.

그는 일단 그림자에서 그림자로 건너뛰며 접선 장소인 버려진 건물 안으로 슬그머니 들어갔다. 주변을 잔뜩 경계하며 폐건물로 들어서서도 한참 기다렸다.

'조심해야지.'

드리프터들이 다 실종된 곳이다. 무슨 일이 언제 어디에서 갑자기 터질지 아무도 모른다.

데이비드는 바짝 긴장한 채 조금 더 안으로 들어갔다. 아니나 달라, 안쪽에서 아주 조심스러운 인기척이 들렸다.

"아드리안?"

"데, 데이비드?"

덜덜 떨리는 목소리와 함께 피를 마시지 못해 창백하게 질린 드리프터가 나타났다. 그는 목소리만큼 몸도 사시나무 떨듯 덜덜 떨고 있었는데, 갈아입지도 못한 옷에는 시커먼 드리프터들의 피가 잔뜩 묻어 있었다.

"어떻게, 어떻게 된 거야?"

그 몰골을 보는 순간 데이비드는 평정을 유지할 수가 없었다. 그는 당장 드리프터에게 바짝 다가가 물었다.

"늑대인간들이 얼마나 많았던 거야?"

"마, 많았어요. 너무 많았어요."

데이비드는 욕설이 나오려는 것을 참았다. 결국 리버필드 시에 늑대인간들이 무시할 수 없을 만큼 한 무리를 제대로 이루고 있다는 게 증명된 참이었다.

"다른 드리프터들은 어디 있어?"

"그게……."

주춤주춤, 말이 나오지 않았다.

"설마 다 죽었다는 거야?"

데이비드의 목소리가 좀 더 높아졌다. 설마 그럴 리가. 하지만 돌아오는 대답이 없다.

"너는……, 너는 어떻게 살아남은 거야?"

드리프터는 부들부들 떨기만 했다.

"아드리안, 정신 차려. 대답해!"

철썩, 하고 뺨까지 때려봤지만 넋이 나간 드리프터는 억지로 쥐어 짜낸 목소리로 원하는 대답 대신 헛소리만 하기 시작했다.

"여기서, 여기서 나가야 해요. 어서 나가야 해요."

"어떻게 된 거냐니까."

데이비드는 억지로 목소리를 낮추면서도 윽박질렀다.

"위험, 위험해, 죽을 거야, 어서 나가요……!"

"아니, 설명을 해야 알아듣지, 불러놓고 뭐 어쩌라는 거야?"

"우리 죽는다고!"

하얗게 질린 드리프터는 마치 마지막 울음을 뱉듯 소리를 버럭 지른 뒤, 뻣뻣하게 데이비드를 밀어 어떻게든 바깥으로 나가려고 했다. 하지만 이미 지치고 다친 몸에서 나온 힘이 데이비드를 밀어낼 수 있을 리가 없었다.

"정신 차려! 알아듣게 말을 해야 할 거 아니야!"

데이비드는 어떻게든 드리프터가 '이성적인 말'을 하게 하려고 애썼다. 하지만 부들부들 떠는 드리프터는 데이비드를 놔두고 입구 쪽으로 튀어 나가려다가 그만 누군가에게 막혀버리고 말았다. 드리프터는 그와 눈을 마주치곤 급기야 뒤로 벌러

덩 나자빠지고 말았다.

'저건 또 뭐……!'

곧장 새로 등장한 인물을 공격하려던 데이비드는 도리어 얻어맞고 곧장 제압당했다.

'어떠, 어떻게?'

사람이 한둘이 아니었다. 그는 드리프터가 뒤로 엉금엉금 기어가는 모습을 차갑게 내려다보는 새카만 머리카락의 소년을 보았다.

늑대인간이 아닌데?

아니, 잠깐, 이럴 때가 아니다. 지금 그를 둘러싼 숫자가 만만치 않았다. 여기에서 붙잡히면 최대한 지원이 올 때까지 입을 꾹 다물고 버텨야 했다.

'어차피 애새끼들이니 실력이 수준급일 리는 없어. 내가 잘 버티기만 하면 돼.'

애들 상대로 정보를 다 줄줄 불 멍청이는 아니라 데이비드가 자신감을 얻는 순간, 드리프터를 보던 소년이 그를 쳐다보았다.

"그럼 애새끼들 상대로 어떻게 잘 버티나 볼까?"

헬리는 해사하게 웃었다.

제 21 화

보름달
part 12

헬리는 대단히 인내심이 강하고, 고집을 부리는 일이 지극히 드물었으나 한번 고집을 부리기 시작하면 형제들도 말리지 못했다.

그는 형제들의 리더였고, 항상 신중하게 형제들의 의견을 듣고 최종적으로 결정했으므로 누구도 반기를 들지 않았다. 그의 강철 같은 의지 때문에 형제들이 여기까지 왔다 해도 과언이 아니었다.

"그래서, 아직도?"

이안이 휴대폰에 대고 묻자, 지노가 대답했다.

[어, 아직도.]

성질 급한 이안이었다면 진작 마무리를 하고 학교로 돌아왔을 거다.

하지만 그걸 이미 알고 있었기에 헬리는 이번 일에 성격이 냉정하고 오래 버티는 게 주특기인 지노와 자카를 데리고 갔다.

게다가 늑대인간 소년들과도 공교롭게 얽힌 일이라 칸도 끼어 있었다. 그러니, 오늘 내내 시간을 할애한다 해도 원하는 게 나올 때까지는 돌아오지 않을 게 뻔했다.

"아⋯⋯. 뻔하지 않아? 대충 알아낸 게 있으면 그냥 돌아오지?"

[좀⋯⋯, 생각보다 규모가 큰 거 같아.]

망설이던 지노가 조심스럽게 말했다. 그들의 적은 생각보다 규모가 훨씬 큰 것 같다는 말이다.

"언젠 안 그랬어? 이번에 드리프터인가 뭔가가 쳐들어온 머릿수만 봐도 어마어마한 숫자야."

[아니, 그 정도는 쉽게 동원할 수 있을 정도인가 봐. 문제는 윗선이고.]

이안은 그를 빤히 쳐다보는 동생들을 보다가 얼굴을 쓱쓱 문질렀다.

"그놈이 윗선이라며."

[아냐. 더 있어. 그러니까, 더 있는 건 분명한데 그게 애매한 거지.]

"애매해?"

생각을 읽어내는 헬리 입장에선 애매할 수가 없는데. 이안은 이해할 수가 없었다.

[자기 윗선도 잘 모르는 모양이야. 뭐만 하면 무서워서 벌벌 떨어대는 통에 헬리 형이 짜증까지 내고 있어.]

'그' 헬리가 짜증을 낸다니, 그건 웬만하면 피해야 할 일이다.

"어어, 그러면 우리는 그냥 올 때까지 기다릴게."

[그래.]

전화를 끊자 호기심 어린 동생들의 눈이 이안에게로 당장 날아왔다.

"짜증 낸대."

딱 한마디만 하자 동생들은 바로 알아들었다.

"헬리 형이? 나 아는 척 안 할래."

안 그래도 그럴 것 같던 시온이 냉큼 말하고, 솔론은 어딘가로 전화를 걸었다. 막 휴대폰을 내려놓은 이안이 물었다.

"넌 어디다 전화하는 건데?"

"헬리 형 짜증 났다며. 수하 데리러 가."

그 누구도 짜증이 난 헬리를 감당할 수는 없으니, 수하 쪽에

희망을 걸어보겠다는 건가?

전화를 걸며 자리에서 일어나는 솔론의 뒷모습을 보던 시온이 고개를 갸우뚱거렸다.

"우리 중에 낯을 제일 가리던 사람이 수하한테는 낯을 안 가리네?"

"안 그래도 자카도 그 말 하더라."

이안은 중얼거리며 몸을 길게 의자에 완전히 기댔다.

"좀 이상하대. 쟤가 아무 이유도 없이 뱀파이어도 아닌 애를 저렇게 챙길 리가 없잖아."

만약에 마지막까지 낯을 가리고 수하에게 날을 세운다면 그건 분명히 솔론일 거라고 생각했는데, 번번이 예상이 빗나가고 있었다.

시온은 픽 웃으며 게임을 하고 있던 노아의 등 위로 휙 쓰러졌다.

"아악! 저리 가!"

"균형을 깨트려서 자카는 싫은 거야. 그런데 뭐 어때. 우리한테 나쁜 것도 아니고, 즐겁고 신선한 등장이잖아."

"저리 가라고! 형! 아, 진짜!"

난리를 치는 노아를 괜히 이안도 툭 건드리며 생각에 잠겼다. 하긴 수하의 등장이 꽤나 신선하긴 했다.

"진짜 공주님이라서 그러나?"

"자카는 말도 안 되는 소리 하지 말라던데. 꿈은 아직까진 꿈에 불과하다면서."

시온은 경쾌하게 말하며 꿈틀대는 노아의 등 위에서 꿈쩍도 하지 않았다. 실로 대단한 균형감각이었다.

"그럼 솔론보다 자카가 더 낯을 많이 가리는 거 아니야?"

이안은 픽 웃으며 물었다.

"벽이 더 단단하고 높다고도 할 수 있지. 어쨌든 걔는 아직까지도 수하를 두고 보고 있는 게 분명해."

"그러는 너는?"

"나? 나는 아무 생각 없는데?"

이안은 시온의 대답에 혀를 내둘렀다.

"네가 '아무 생각이 없다'고 하다니 수하가 대단한 거다."

"내가 뭘?"

"넌 보통 다 싫다고 하잖아."

"내가 언제?"

태연하게 말을 주고받는 형들 사이에서 노아가 결국 벌떡 일어났다.

"아, 내려가라고오오오!"

◖

드리프터들의 대단위 늑대사냥이 있었던 직후이니 뱀파이어 소년들은 수하의 안전에 대해 더 신경을 쓰기 시작했다.

'특별한 능력을 가진 여자라니, 너무 범위가 방대하잖아.'

솔론은 미간을 찌푸리며 생각했다. 그리고 범위가 방대한 만큼 수하도 드리프터들의 눈에 띈다면 당장 끌려갈 게 뻔했다.

'그런 사람을 찾아서 뭘 하려고 하는지 알 수는 없지만, 알아봤자 기분만 나쁘겠지.'

그래서 헬리도 상당히 짜증이 난 게 분명할 거다.

일단 아직까지도 데이 클래스에 다니고 있는 수하는 오늘 나이트볼 여학생 선수들과 합을 맞춰보고 있었다. 적당히 연습이 끝나는 시점이 다가오고 있어서 데리러 가는 중이던 솔론은 걸음을 멈추고 우뚝 섰다.

'뭐야?'

나이트볼 경기장으로 가는 거리에는 언제나 죽치고 있는 드셀리스 아카데미 대학생들이 가득하다. 그 사이로 슬슬 쏟아져 나오기 시작하는 선샤인 시티 스쿨과 드셀리스 아카데미 교복이 언뜻 보였다.

평화로운 리버필드 시내 한복판에서 솔론은 이쪽을 응시하고 있는 늑대인간들을 발견했다. 대충 머리 색깔이 알록달록한 놈들이 둘이나 있는 걸 보니, 바로 직전에 있었던 전투에서 함께 싸웠던 애들이 다 모인 모양이다.

'그러고 보니 같이 싸웠던 애들이 넷이었지. 쟤네도 원래 일곱이었는데 나머지 셋은 어디 간 거야? 그런데 왜 저기서 날 쳐다봐?'

어쩌라는 건가. 솔론은 아무리 그가 늑대로 변하는 이능력이 있다 해도, 늑대인간들과 가까이 지낼 생각은 추호도 없었다.

그는 어찌 보면 자신이 상당히 말도 안 되는 결합의 결과라고도 생각하고 있었다.

'뱀파이어와 늑대인간 혼혈이라니.'

서로 으르렁거리기만 하는 두 종족 간의 결합으로 그가 태어났다.

아니, 솔론은 그의 부모에 대해 잘 몰랐다. 그저 밤필드 보육원 선생님들이 어린 그를 꼭 껴안으며 다정하게 해준 이야기만 들었을 뿐이다.

우리 솔론은 늑대인간이기도 하고 뱀파이어이기도 하지.

그치만 선생님, 나는 뱀파이어만 하고 싶어요. 형들이랑 똑같이.

이 몸에서 늑대인간의 피를 다 빼버릴 수 있다면 기꺼이 그러고 싶었다. 그렇게 해서 형제들과 같아지고 싶었다.

어쩌다가 늑대인간의 힘마저 인정하게 된 지금에서도 딱히 늑대인간들과 어울릴 생각은 없었다.

솔론은 솔론이고, 저들은 저들이다. 솔론에게 있어서 형제들은 여태까지 생사고락을 함께한 여섯 명뿐이니 거기에 뭘 더하거나 빼고 싶지 않았다.

그래서 그는 잠시 멈췄던 걸음을 그냥 다시 옮겼다. 저들이 쳐다보든 말든 상관없었다.

"⋯⋯뭐야?"

그럼에도 불구하고 그의 앞을 가로막는 이가 있어서 솔론은 퉁명스럽게 물었다.

"⋯⋯다친 데는 없냐?"

칸은 지금 헬리와 함께 있을 거다. 늑대인간들을 다 도륙하라고 명령한 이가 누구인지 알아내는 건 저들에게도 아주 중요한 일일 테니까.

그래서 솔론의 안부를 물은 건 그나마 선샤인 시티 스쿨 나이트볼 주전 중에서도 온화한 성격인 엔지였다.

솔론은 엔지의 머리카락 색이 햇빛 방향에 따라 청색으로도, 혹은 진한 녹색으로도 변하는 걸 삐딱하게 바라보았다.

"없어."

예전이었다면 '있든 말든 무슨 상관이냐'라고 무례하게 대꾸한 뒤 가버렸겠지만, 그래도 함께 목숨을 걸고 싸웠다는 사실은 그렇게까지는 하지 못하게 했다.

"그래, 다행이네."

엔지는 고개를 끄덕였다. 그러곤 인사를 남겼다.

"그럼 잘 가."

뭐야. 그게 끝이야? 솔론은 황당하다는 듯 엔지를 바라보았다.

"그거 물어보려고 아는 척한 거냐?"

"같이 싸운 사이에 다쳤는지 안 다쳤는지 물어보는 게 예의이자 의리지."

엔지가 씩 웃었다.

"그럼 뭘 물어볼 줄 알았어?"

솔론은 대답하지 않았다. 아니, 대답할 수 없었다. 그가 듣기 싫은 말을 스스로 입 밖에 내놓을 수 없었기 때문이다.

"네가 물어보지 말라는 걸 일부러 묻는 무례한 짓이라도 할 줄 알았어?"

예를 들면 '너는 늑대인간인데 왜 뱀파이어들과 함께 있냐', '넌 반은 뱀파이어인데 왜 늑대인간 모습을 하냐'와 같은 무신경하고 날카로운 공격들 말이다.

"우린 그러지는 않아. 같이 싸운 사람들에 대한 예의도 지켜."

"하지만 뱀파이어들에겐 아니잖아."

"예의를 지킬 이유가 없으니까."

"어째서?"

무심코 물었던 솔론은 엔지의 표정에 미묘한 미소가 지나가는 걸 발견하곤 멈칫했다.

"아."

밤필드 보육원이 습격당한 일과 비슷한 일을 겪은 거구나. 물어보지 말아야 하고, 또 알지 말아야 할 끔찍하고 무서운 일을 저들도 겪은 모양이다.

"너희는 뭐……, 다친 사람은 없어?"

그래서 솔론은 현명하게 말을 돌렸다.

"물어봐줘서 고마워. 우리도 다치지 않았어."

"……그래. 잘 가."

"너도 잘 가."

생각 외로 담백하게 인사를 주고받은 뒤, 솔론은 문득 엔지의 머리색이 청록색이라는 걸 깨달았다.

'아, 그래. 청색으로도 보이는 녹색이니. 그렇구나.'

한 번도 늑대인간들과 이렇게 조용하고 깔끔하게 인사하고 헤어진 적이 없어 기분이 이상했다.

좋다. 솔론은 늑대인간의 피도 어느 정도 가지고 있다. 그건 인정하기로 했다. 형제들이 싸울 때 도움이 될 수 있으니까. 하지만……

'하지만, 만약에……'

솔론은 드리프터들의 늑대인간 사냥 이후로 자꾸만 가슴속에서 커지는 불안감을 떨쳐내려 고개를 흔들며 다시 걸어갔다.

심문이란 건 아주 피곤한 일이었다. 더구나 들키지 않으려고 온갖 수를 쓰는 이를 심문하는 건 보통 일이 아니었다.

하루 종일 집중하고도 원하는 만큼 얻어내지 못한 헬리는 기분이 몹시 저조했다. 뭐 하나 마음에 드는 게 없었다.

"이 정도면 생각보다 많이 얻어낸 건데."

가만히 있던 칸이 말했다.

"네 그 특이한 능력 덕에 여기까지 온 거잖아. 그런 식으로 비하하지 마."

정신적으로 몹시 피곤해져서 힘이 빠진 채 앉아 있던 헬리는 칸을 힐끗 쳐다보았다.

"왜?"

"……너한테서는 그런 말 듣고 싶지 않은데."

그런데 기어이 듣고 말다니, 기가 막혀서. 헬리는 어이가 없다는 듯 픽 웃었고 칸도 씩 웃었다.

"어. 싫어할 것 같아서 한 말이야."

누가 너 좋으라고 한 줄 알고? 칸은 헬리가 또 고개를 흔들며 웃는 걸 보곤 시선을 돌렸다.

벌써 해가 뉘엿뉘엿 지기 시작했다. 또 다른 하루가 가버렸다.

"일찍 끝날 줄 알았는데, 너 의외로 집요한 구석이 있어."

생각을 읽는, 뛰어나다 못해 무섭기까지 한 이능력을 가지고도 헬리는 모든 일을 아주 철저하게 따지고 집요하게 파고들었다.

헬리가 지친 만큼, 생각을 읽어내는 대상이었던 데이비드는 얕봤던 소년들에게 속에 있는 것들을 죄다 털리고 말았다.

"……생각을 읽는다는 건 불완전해. 그냥 지나가는 생각일수도 있고, 객관적인 '진실'만 생각하는 사람은 없어."

"나도 무슨 생각하는지 보여?"

"딱히 읽고 싶지 않아. 너든 누구든."

"그래, 그런 거 같더라."

그러니 더 하나하나 따지고, 심문한 것을 다시 심문했지.

헬리는 사람의 생각을 읽어내는 것에 능숙하면서도 원하는 정보를 얻는 건 서툴렀다.

바꿔 말하면 일부러 읽어낸 적이 없다는 이야기기도 했다.

칸은 고개를 끄덕였고, 헬리는 지친 얼굴로 검은 머리카락을 쓸어 넘겼다.

"이게 자꾸 너희와 겹치네."

헬리는 이번 늑대인간 사냥 작전을 담당했다가 그에게 낚여

꼼짝없이 붙들렸던 드리프터 바로 위 등급 뱀파이어, 데이비드에게서 빼앗은 물건을 내려다보았다.

몸 수색이야 기본이다. 특히 칸이 뛰어난 후각으로 순식간에 데이비드가 가지고 있던 물건 중에서도 특별해 보이는 것을 바로 추려냈다. 그게 바로 낡아빠진 성냥갑이었다.

"우리더러 빠지라니 마니 그런 소리는 하지 마."

마음 같아서는 늑대인간들은 이제 이 일에서 손을 뗐으면 좋겠는데 그게 안 된다.

"이 와중에 하겠냐?"

헬리는 퉁명스럽게 대꾸하며 성냥갑을 바라보았다. 성냥갑에는 어떤 이름의 반쪽이 적혀 있었다.

레이

나머지 반은 모른다. 하지만 이 모든 사항을 지시한 가장 꼭대기 뱀파이어가 있는 곳이 분명했다. 헬리는 성냥갑을 칸에게 휙 던졌다.

"갈 거지?"

"가야지."

데이비드가 들은 소문에는 그 레이 어쩌고에 있는 뱀파이어가 특별히 늑대인간들을 잡아 죽이는 데 혈안이 되었다고 한다.

문제는, 저 장소가 어딘지는 모른다는 거였다. 그 점이 헬리를 여전히 짜증 나게 했다.

제 22 화

실종
part 1

"모른다고?"

수하는 어이가 없다는 표정으로 헬리를 쳐다보았다.

하루 종일 드리프터들을 리버필드 시에 몰아넣은 지휘관급 뱀파이어인지 뭔지를 심문하고 온 헬리가 녹초가 되어 수하를 찾아왔다.

솔론이 데리러 와서 뱀파이어 소년들과 함께 있었던 그녀는 안개화 연습을 부지런히 하던 중이었다.

"모른대."

"그런 게 어디 있어? 모르면서 명령만 받는다는 거야?"

"어."

"우와, 진짜 말도 안 된다……."

'레이'라고 반이 뚝 잘린 채 적힌 성냥갑이 데이비드라는 지휘관급 뱀파이어에겐 다였다. 그게 데이비드의 위에서 내려오는 명령을 상징한다는 건 알았지만, 정말 그게 다였다.

"장소라는 건 알아. 거기 상급자가 있대. 그런데 그 상급자가 누군지도 모르고, 또 어떻게 접촉하는지도 모른다는 거야?"

여태까지 들은 걸 다 축약해서 되묻는 수하에게 이안이 박수를 쳐줬다.

"정리 잘했네."

"나 지금 엄청 심각하고 진지해. 그게 말이 돼? 무슨 호구도 아니고 얼굴도 모르는 사람 명령을 받아서 이런 끔찍한 짓을 막 저질렀다는 거야? 리버필드에서만 사람이 얼마나 죽었는데!"

습격받아 죽은 사람들의 숫자가 연일 기사로 한둘씩 꼬박꼬박 나왔다. 수하는 어처구니가 없는데, 뱀파이어 소년들은 오히려 덤덤했다.

"……그게 본능이라서 그래. 하급……, 드리프터들은 인간의 피를 마시지 않으면 살 수가 없으니까. 낮에는 햇볕 때문에 나가지도 못하고, 피도 필요하니까 거기에서 빠져나올 수가 없지. 빠져나올 생각도 안 하고."

헬리는 눈가를 문지르며 중얼거렸다. 수하는 또 안개로 휙 바뀌었다.

"그렇구나."

안개가 되어도 말은 할 수 있었다. 그런 뒤 다시 원래 모습으로 돌아와선 어깨를 축 늘어뜨렸다.

"그렇게 다들 고생했는데."

헬리가 피곤해하는 걸 보니 무척 마음이 안 좋았다. 더 도와주고 싶은데, 수하가 할 수 있는 건 안개로 변하는 것뿐이라 더 속이 상했다.

입술을 삐죽이려던 그녀는 문득 고개를 들고 상념에 빠진 헬리를 쳐다보았다.

"……근데 이거 끝이 아닌 거지?"

"응?"

그가 수하를 돌아보았다.

"뭐 더 있는 거지?"

"어, 어……?"

"너 지금 딴생각 중이잖아. 뭐 따로 알아낸 거라도 있는 거지?"

헬리는 기가 막히다는 듯 수하를 쳐다보았다.

"어떻게 알았어?"

수하는 헬리를 쳐다보다가 새침하게 대답했다.

"그냥."

헬리를 만난 건 얼마 되지 않았지만, 그를 꿈에서도 몇 번 봤다. 매사 꼼꼼하고 침착한 그가 마무리를 제대로 안 하는 걸 보면 분명히 다른 얘기가 있는 것 같다는 게 수하의 결론이었다. 물론 그녀만의 비밀이기도 했다.

"칸이 뭘 알고 있는 것 같아."

"뭐?"

헬리와 수하의 대화를 가만히 듣고만 있던 솔론이 벌떡 몸을 일으켰다.

"걔네, 일곱 명 중에 지금 셋이 안 보이잖아. 안 보이는 애들이 누구지?"

헬리의 물음에 바로 자카가 손가락을 꼽았다. 어차피 나이트볼 경기 때마다 지겹게 얼굴을 봐온 사이라, 어쨌든 그건 바로 알았다.

"요즘 루슬란이 안 보이던데."

"카밀이랑 마한도 없어. 오늘 내가 봤어."

솔론이 오후에 마주쳤던 엔지와 다른 얼굴들을 떠올리며 말을 보탰다.

"그럼 루슬란, 카밀, 마한. 그래. 정확하게 셋이 없어."

헬리가 고개를 끄덕이자 지노가 고개를 갸우뚱거렸다.

"어차피 당분간 열릴 경기도 없으니 상관은 없지만, 이렇게 길게 안 보인다고? 이상한데."

"걔네 지금 리버필드에 없어. 칸이 이유를 알고 있는 것 같은데, 말해주는 걸 망설이더라고."

헬리는 중얼거리면서 '레이'라고 뚝 잘린 글귀가 쓰인 성냥갑을 들여다보았다.

그때 저 할 일에만 몰두하고 있던 시온이 헬리를 힐끗 바라보았다.

"속을 읽어보지 그래?"

"그래, 네가 그 말 할 줄 알았다……."

헬리에게 있어서 일종의 금기이자 예의인 것을 천진난만한 투로 깨버리라고 할 사람은 소년 중 시온밖에 없긴 했다.

"벌써 웬만큼 눈치챘으면서 뭐 이제 와서 망설여? 지금은 비상상태야, 형."

비상이라고 말하기엔 지나치게 태평한 얼굴로 시온은 바닥을 뒹굴다가 손가락을 딱 세워 보였다.

"촉이 딱 온 거잖아. 안 그래?"

말간 얼굴로 핵심을 찌르는 시온의 말은 사실이긴 했다. 그랬기에 돌아와서도 헬리가 이렇게 고민하고 자꾸만 생각하는 중이었으니까 말이다.

"칸이 아무 말도 하지 않은 건 아니야."

그쪽은 늑대인간 무리의 수장, 이쪽은 뱀파이어들의 리더. 칸과 헬리는 어쨌든 대표자이자 리더로서 머리를 맞댈 수밖에 없었다.

"어딘가 짚이는 데가 있고, 그게 높은 확률로 이번 늑대인간 사냥과 관련이 있으며, 그래서 그 셋이 안 보이는 거지."

헬리가 차분히 정리하자 옆에서 자카가 한 번 더 보탰다.

"루슬란, 카밀, 마한 말이지."

"그래. 따로 보내서 독립적으로 움직이기 좋은 멤버야. 적당히 나이도 있고, 눈치도 빠르고."

나이트볼은 상당히 격한 운동 종목이라, 경기에서 계속 부딪히다 보면 상대방의 성격도 슬쩍 보였다. 셋 다 덤벙거리지 않고 공격력도 뛰어나다. 칸이 믿고 보낼 만했다.

"칸이 오늘 눈치챈 걸 나한테 말하지 않은 건, 아직까진 우리를 완전히 믿을 수 없기 때문이지."

그렇구나. 수하는 잿빛 머리카락을 넘기며 짐승처럼 무섭게 싸워대던 칸을 떠올렸다.

뱀파이어 소년들 역시 그들을 믿지 않는다.

그들 사이에 깊숙이 스민 서로에 대한 혐오감은 본능적인
걸까. 아니면 경험에서 우러나오는 것일까.

☾

수하는 어쨌든 뱀파이어 소년들이 무척 고마웠다.

솔직히 이상하다고 생각하면 한없이 이상할 뿐인 수하를
기꺼이 그들 사이에 끼워준다는 건 정말 대단한 일 아닌가. 낯
을 가리거나 까칠하게 굴 법도 한데, 소년들 중 그 누구도 그
러지 않았다.

수하는 그게 참 신기하고 고마웠다. 전학을 와서 적응하는
것에만 급급했는데, 어느새 친구들이 우르르 생겼다.

"나 이젠 바래다주지 않아도 되는데."

괜히 쑥스러워서 말하니, 나란히 걷고 있던 헬리가 수하를
쳐다보았다. 아니, 엄밀히 말하자면 커다란 키 때문에 내려다
보았다.

"안개로 휙 가버리면 안전하고 빨라. 괜찮아."

이젠 이런 것도 할 수 있다! 씩씩하다! 대단하지!

수하는 안개화를 자유자재로 할 수 있다는 것 자체가 너무 뿌듯하고 자랑스러웠다. 적어도 한 사람 몫은 제대로 할 수 있다는 기분이 들었기 때문이다.

"……넌 가끔 다른 사람들을 배려하는 것만 신경 쓰고 다른 건 하나도 눈치채지 못하는 것 같아."

주머니에 손을 꽂은 채 걸어가며 그녀를 내려다보는 헬리의 시선이 유독 나른하고 부드러웠다.

수하는 고개를 팩 돌렸다. 달이 내려앉은 밤, 리버필드 시 안쪽의 한적한 호숫가에는 사람이 전혀 없었다. 평온하고 아름다운 밤이었다.

"아니, 그건 아니야."

뭔 소리람. 혼자 괜히 설레서 김칫국을 독째로 퍼마시는 짓은 안 하려고 하는 것뿐이지.

모든 여학생들이며, 심지어 남학생들까지 선망하는 헬리가 그녀에게 조금 특별하게 군다 해서 그녀가 뭐라도 된 것인 양 착각하지 않으려고 노력하는 중이었다.

'헬리는 그냥 날 순수하게 걱정하는 것뿐이다', '내가 아직 서툴러서 그렇다', 수하는 몇 번이나 속으로 되뇌었다.

그러지 않으면 파르르 날아가는 마음이 그녀가 알아차리지도 못한 사이에 저 멀리 둥실둥실 떠올라 한도 끝도 없이 높아질 게 뻔했다.

"그런 것 같은데."

하지만 헬리가 굳이 그녀를 바래다주겠다고 나서고, 싸울 때도 신경 쓰고, 오늘 하루는 어땠는지 꼬박꼬박 다정하게 물어볼 때마다 얼굴이 화끈거리고 가슴이 간질거렸다. 정신을 차릴 수가 없었다. 누가 저 얼굴과 저 태도에 정신을 차릴 수 있겠냐만.

헬리는 다가가기가 어려울 정도로 조용하고 매너는 좋지만 선을 분명히 긋는 이미지라던데, 그녀에겐 소문보다는 좀 더 말랑말랑하게 구는 것 같았다. 그러니까 그게 문제였다.

"아니라니까."

"그럼 일부러 모른 척하는 거야?"

수하는 순간 말문이 막혀 어떠한 대답도 할 수 없었다. 그게 무슨 뜻인데? 일부러 모른 척하다니, 뭘 모른 척하는 건데?

"뭐……, 네가 그러고 싶다면 그렇게 해. 내가 더 잘해야지."

아. 마음이 간지럽다가 이젠 터질 것 같았다.

"난 너랑 이렇게 조용히 걷는 게 좋아."

헬리의 말에 뭐라 대꾸를 해야 하는데, 아무 말도 할 수가 없었다. 아니, 할 말이 생각나지 않았다. 그냥 나란히 걷고 있는 운동화 두 개, 팔끼리 스치는 감각, 싸늘한 밤공기와 나지막하고 부드러운 목소리, 이 모든 게 수하의 세상을 꽉 채우고 있었다.

"가끔 사람들의 생각이 의도치 않게 읽힐 때가 있어. 이번 드리프터들과의 싸움이 딱 그래. 드리프터들이 비명도 못 지르고 죽는데, 그렇다고 해서 생각도 안 하고 죽는 건 아니거든. ……그 와중에 동생들도 챙겨야 하고, 너도 갑자기 나타나서 큰 도움이 되었지만……."

헬리는 걸음을 멈추고 수하를 쳐다보았다.

"걱정되어서 미칠 것 같고."

차가운 바람만이 빨갛게 달아오른 그녀의 뺨을 간신히 식혀 주었다.

아무렇지도 않게 수하의 심장을 한 번 꽉 쥐었다가 놓은 헬리는 태연하게 말을 이었다.

"요즘은 생각을 읽는 게 싫어. 제일 많이 보이는 게 죽음에

대한 공포나 어떤 존재에 대한 두려움이거든. 특히 데이비드
는……, 오늘 내가 생각을 읽었던 뱀파이어는 이름도 모르고
어디에 있는지도 모르는 장소에 있을 상급자를 무척 두려워했
어. 아주 강하고 잔인한 존재인가 봐."

그리고 헬리는 어쩔 수 없이 그 강하고 잔인한 존재를 상대
해야 한다는 걸 본능적으로 알았다.

"……고민이 많이 되겠네."

수하가 할 수 있는 말은 겨우 이 정도였다. 그녀는 말해놓고
도 스스로가 좀 한심했다. 이런 때 멋지게 위로조차 못 하다
니!

"싸우는 건 고민하지 않아. 이미 우리가 그쪽을 건드렸다는
걸 알 테니, 가만히 있으면 저쪽에서 공격해 오겠고, 아니면 우
리가 먼저 쳐야겠지. 싸우는 건 정해진 건데……."

헬리는 그녀를 눈도 깜빡이지 않은 채, 아주 복잡한 표정으
로 바라보았다.

"널 어떻게 해야 할지 모르겠어."

그 순간 수하의 눈에는 헬리밖에 들어오지 않았다. 파문을

그리는 호수와 낮게 깔린 야외조명, 환한 달 따위는 들어오지도 않았다.

"……나, 나는 그냥 혼자 있어도……."

"그랬으면 좋겠어. 여기 안전하게 있으면 좋겠다 싶다가도 여기라고 해서 딱히 안전한 것도 아니고. 차라리 데리고 가는 게 낫겠다 싶은데 네가……."

조용히 말을 이어나가던 그는 그때 고개를 푹 숙였다.

"따지고 보면 함께 가줄 이유도 없잖아."

꿈과 현실을 혼동하지 말자. 헬리는 수하 앞에서 몇 번이고 그 말을 곱씹었다.

혼자서 수하를 지키겠다고 맹세해봤자 그 마음의 수혜자인 수하는 뜬금없을 게 뻔했다. 그래서 기다리고 있고, 충분히 가까워질 때까지 앞으로도 얼마든지 기다리려고 했는데 갑자기 상황이 급박해지기 시작했다.

헬리는 그게 좀 억울했다. 아니, 많이 억울했다.

'나 혼자 걱정된다고 멀쩡하게 학교 잘 다니고 있는 애를 억지로 끌고 갈 수도 없고……'

하지만 함께 있고는 싶고.

"아니. 정확하게 말하자면 나한테는 너와 함께할 이유가 충분한데, 너는 아직 아닐 수도 있지."

"……그 이유가 뭔데?"

우정인가, 아니면 다른 건가. 수하는 두근거림과 약간의 불안함을 넘어 헬리를 똑바로 쳐다보고 물었다.

"왜 그렇게 생각하는데?"

"늘 걱정하고 신경 쓰니까. 걱정이야 다른 애들도 얼마든지 하겠지만, 나는 네가 때때로 날 생각하는지 궁금해. 그리고……."

헬리는 휴대폰을 보고 미간을 찌푸렸다.

"나랑 똑같은 눈으로 널 보고 있는 놈이 싫고."

그러곤 전화를 받았다.

"말해."

[그, 오늘 심문한 놈의 상급자 말인데. 늑대인간 사냥을 지시했다는.]

칸의 목소리였다.

[예전에 늑대인간을 뱀파이어에게 팔아넘기고 있다는 얘기를 들어서, 아무래도 그 상급자 뱀파이어가 아닌가 싶었거든. 이미 너도 눈치챘겠지만, 내 동생들을 일전에 그쪽으로 보내 놨어. 이렇게 맞아떨어질 줄은 몰랐지만.]

헬리는 그래서 이놈이 싫었다. 눈치도 더럽게 빠르다.

"그런데?"

[정보를 공유할 테니 우리를 도와줘. 머릿수가 모자라.]

"뭘 어떻게 도와주면 되는데?"

[동생들과 연락이 끊어졌어. 그러니까⋯⋯.]

칸은 잠시 망설이다, 결코 입 밖에 내고 싶지 않은 사실을 말했다.

[실종이야.]

제 23 화

실종
part 2

수하는 그러니까, 이 밝은 대낮에 그녀가 왜 양쪽에 늑대소년들과 뱀파이어 소년들, 서로 못 잡아먹어 안달인 이들을 두고 중간에 앉아야 하는지 영문을 몰랐다.

　칸에게서 연락을 받은 바로 다음 날, 이 불편한 만남이 성사되었다.

　"저기, 나는 빠져도 되지 않아?"

　칸을 제외한 늑대소년들도 수하가 여기 왜 끼어 있는지 궁금한 눈치인데, 정작 뱀파이어 소년들은 매우 태연했다.

　"이제 와서 빠지긴 뭘……."

　지노가 심드렁한 투로 중얼거리며 그녀가 앉을 의자를 쭉 빼주었다.

　겉으로 보기엔 잘생긴 소년들끼리 노닥거리며 한가로운 오후를 보내는 것 같지만, 사실 앉고 나서 자세히 살펴보면 분우기가 꽤 살벌했다.

'숨 막혀! 살려줘!'

애초에 서로 그리 좋은 감정을 가지고 있지 않았던 양쪽이라, 한 번 같은 편이 되어 싸웠다고 해서 그 깊은 감정의 골이 메워질 리가 없었다.

다시 말해 여전히 서로를 노려보며 무언의 기싸움이 진행되고 있다는 뜻이었다.

수하는 그냥 슬쩍 빠지고 싶었지만, 어쩔 수 없이 앉아야 했다.

"이 자리에 나오지 않은 세 명이 실종됐다는 거지."

헬리는 네 명만 나온 늑대소년들을 보며 말했다.

칸이 고개를 끄덕였고, 이안과 한 번 붙었던 나자크, 솔론에게 부드럽게 인사를 건넸던 엔지, 그리고 어려 보이는 타헬은 표정이 몹시 우울해졌다. 형제들이 실종되었다는 건 엄청난 충격일 거다.

"그런데 그게 왜 이번에 우리가 겪은 일과 관련이 있는지 설명은 해줘야겠어."

헬리의 단호한 말에 늑대 소년들은 일제히 리더인 칸을 쳐다았다.

신중하게 뱀파이어 소년들에게 협력을 제의하기로 결정한
은 입을 열었다.

"말하기에 앞서, 내가 하는 말이 진실인지 아닌지 들여다봐
도 좋아."

칸은 자신의 머리를 가리켰다.

"네가 직접 읽으면서 판단해, 헬리. 목숨이 걸린 일인데 거짓
인지 아닌지 의심하는 동료는 우리도 사양이니까."

"좋아."

헬리는 망설임 없이 고개를 끄덕였다. 그게 얼마나 파격적인
지 잘 아는 늑대인간 소년들도, 뱀파이어 소년들도 눈이 휘둥
그레져서 각자의 리더를 쳐다보았다.

"……이건 저번 나이트볼 리그 결승전 이후에 있었던 일이
야."

그때, 오랜 나이트볼 강자 선샤인 시티 스쿨은 드셀리스 아
카데미에 2연패를 당하며 우승컵이 또다시 드셀리스에게 가
는 것을 바라보기만 했어야 했다.

쓰라린 패배는 패배였고, 늑대인간 소년들은 그들의 정체성
과 관련된 일을 마주해야 했다.

"이번에 봐서 너희들도 알겠지만, 우리는 항상 뱀파이어들의 위협에 시달려왔어. 말 그대로 잡히면 죽는 거니까 늘 살아남아야만 했고. 그러지 못할 뻔한 적도 여러 번이야."

가만히 듣고 있던 이안은 미간을 찌푸렸다. 이 늑대인간들에게서 비슷한 경험을 한 흔적을 바로 눈치채긴 싫었는데, 칸의 눈에 스친 건 분명히 학살에 대한 공포였다.

밤필드 보육원이 습격당했던 끔찍한 기억에 시달리고 있는 뱀파이어 소년들에게도 공포가 여전히 남아 있었다. 같은 것을 겪은 이들은 서로를 알아본다.

"그런데 결승전 이후에 정보를 얻었어."

형이 진짜 다 말할 건가 보다. 불편한 예감이 든 엔지는 슬그머니 시선을 피했고, 나자크는 눈을 질끈 감았다. 그때 기억을 떠올리게 된 타헬은 더 풀이 죽었다.

"……누군가가 늑대인간들을 뱀파이어에게 팔아넘기고 있다는 정보인데……."

칸은 덤덤하게 말하다 이 부분에서는 잠시 멈칫거렸다. 그의 생각을 읽고 있던 헬리는 잠자코 기다렸다.

"그 팔아넘기고 있다는 놈도 우리 동족이라는 정보였지."

늑대인간이 늑대인간을 뱀파이어에게 팔아넘기다니. 수하

는 드리프터들이 대놓고 '늑대사냥'이라고 언급했던 지난 전투를 떠올리며 표정 관리를 하려 애썼다.

"보다시피 우리 넷은 남았고, 카밀, 마한, 루슬란이 그 정보를 확인하러 떠났어. 만약에 사실이라면 일단 그 배신자를 처단하고 붙잡혀 간 동족들을 구하는 게 최우선이니까."

겉으로 보기엔 고등학생들이면서, 이들은 목숨을 걸고 싸우고 있었다.

수하는 자신이 이들에 비하면 상당히 평범하게 살아왔다고 생각했다. 아니면, 이들이 지나치게 평범하긴 힘든 삶을 살아왔거나.

나이트볼 리그 선수들에게 주어진 임무는 너무나 살벌하고, 어찌 보면 가혹했다.

"그래서 마하바 초원으로 셋이 떠났어."

"마하바 초원?"

가만히 듣고 있던 지노가 입을 딱 벌렸다.

"거길 갔다고?"

여기에서 나라 두 개는 지나야 있는 거대한 초원 아닌가. 밤 필드 보육원이 있던 곳과 마찬가지로 상당히 먼 곳이었다.

"그래. 거기에 그나마 남아 있던 늑대인간들이 사라지기 시작했다는 소문을 들었으니까. 그곳부터 가봐야 했지."

칸은 고개를 끄덕이며 말을 계속 이었다.

"한동안은, 아니, 불과 2주 전까지만 해도 연락이 계속해서 잘됐어. 마하바 초원에서 단서를 얻어서 계속 이동 중이었지. 우리가 쫓고 있는 배신자나, 배신자가 동족을 팔아넘기고 있는 뱀파이어에 대해서도 조금씩이지만 정보가 모였어."

그때 헬리가 주머니에서 어제 데이비드에게서 빼앗은 성냥갑을 꺼내 테이블 위에 툭 던졌다. '레이'라고 써진 글자가 유난히 눈에 크게 들어왔다.

"그래, 그거."

생각을 낱낱이 읽히는 기분이 썩 좋지만은 않다. 칸은 픽 웃으며 고개를 끄덕였다.

"떠난 동생들이 그 성냥갑과 비슷한 물건을 봤대. 뱀파이어 끄나풀이지만 드리프터 급은 아니고, 이번에 잡았던 데이비드인지 하는 놈과 비슷한 계급인 놈이 가지고 있는 걸 언뜻 보았다고 했어."

"이게 그렇게 중요한 물건으로 보였다는 거야?"

언뜻 보기엔 낡아빠진 성냥갑이다. 그걸 그렇게 주의해서 볼 가능성은 매우 적지 않나. 헬리는 눈을 가늘게 뜨며 물었다.

"그러니까 좀 이야기가 복잡해. 배신자 놈은 어떤 힘 있는 뱀파이어에게 늑대인간들을 팔아넘긴 거야. 그럼 그 뱀파이어가 이 성냥갑이 가리키는 곳에 있는 상급자에게 늑대인간들을 보낸 거고."

한마디로 성냥갑과 배신자 사이에 중간책이 있었다는 얘기다.

드리프터와 그 위 뱀파이어라고 철저하게 계급을 가르는 걸 생각해보면, 말이 안 되는 것도 아니었다. 당장 뱀파이어 소년들은 지휘자 노릇을 하던 데이비드와 마주했으니까.

"중간책이 이 성냥갑을 가지고 있었다?"

"그렇지. 이번 일도 마찬가지잖아? 데이비드가 머리인 줄 알았는데 머리는 따로 있고. 우리가 알아낸 그 중간책도 이 성냥갑을 흔들어대면서 '마스터'가 어쩌고, 하고 말했대. 늑대인간들의 피를 무척 즐긴다면서."

성냥갑을 주며, 늑대인간의 피를 즐기는 마스터라. 아직까지도 감이 잡히지는 않는다.

"이것과 똑같은 성냥갑이었대?"

"아니. '르건'이라고 써졌는데, 고풍스러운 글자가 앞부분이 뚝 잘려나간 채 쓰여 있었다고 해."

마찬가지로 '레이'라는 고풍스러운 글자가 뒷부분이 뚝 잘린 채 쓰인 성냥갑으로 소년들의 시선이 모였다.

"그럼 뭐야. 둘이 합치면 '레이'-'ㄹ건'? 아니면 앞에 뭐가 더 있고, 'ㄹ건'-'레이'?"

이안이 고개를 갸우뚱거리며 문자를 조합해 볼 때, 골똘히 생각에 잠겨 있던 엔지가 답을 냈다.

"일단은 전자지. **'레일건'.**"

"아, 그건가."

이름은 알아냈다 치자. 하지만 그 '레일건'이란 곳이 도대체 어디에 있단 말인가.

"늑대인간들을 레일건에 보내는 중간책은 꽤 오래 일한 뱀파이어로 보였다고 해. 우리의 아는 게 하나도 없는 '데이비드'와는 달리 말이야."

실제로 데이비드에게서 이놈의 성냥갑으로 도대체 어떻게 상급자와 접촉할 수 있는지 알아내려다 실패해서 짜증이 머리끝까지 났던 헬리는 그 말에 희미하게 웃었다.

"그 중간책이 레일건으로 늑대인간들을 보내기 전 잠시 잡아두는 물류창고가 있다는데, 거기로 들어가려다가 동생들과 연락이 끊겼어."

설명하던 칸의 목소리가 갈라지고, 소년들 사이에는 묵직한 침묵이 내려앉았다.

뱀파이어 소년들은 어떻게 입을 떼야 할지 몰라 입을 다물었고, 늑대인간 소년들은 형제들이 실종되었다는 사실에 불안한 기색을 감추지 못했다.

헬리마저 칸의 슬픔과 죄책감을 읽어내고 침묵하는 사이, 수하가 조심스럽게 입을 열었다.

"저기, 끼어들어서 미안한데……. 그럼 그 배신자라는 늑대인간은 잡았어?"

"그놈이 물류창고로 들어가는 미끼였어. 누군지는 알아. 아주 쓰레기지."

칸은 야멸차게 말했다.

"그놈이 분명히 내 동생들을 뱀파이어들에게 넘기고 도망친 거야."

"물류창고가 어디 있어? 마하바 초원에?"

수하는 곧잘 핵심적인 질문부터 던졌다.

"아니. 마하바 초원을 지나서, 북동쪽으로 좀 떨어진 에스티발 시에 있어."

대답하던 칸의 눈빛이 점점 단호해졌다.

"거길 습격하고 싶어."

남아 있는 늑대소년 넷이라면 어림도 없는 얘기지만, 여기
뱀파이어 소년들 일곱을 더하고, 저번 전투에서 큰 활약을 보
인 수하까지 합친다면 해볼 만할 거다. 그는 헬리가 거절하지
않을 거라고 확신했다.

☾

시간은 촉박하고, 결정은 시급하다.

어쩌면 실종된 늑대인간 소년들 모두 벌써 죽었을지도 모른
다.

그래도 칸은 가야 했다. 그리고 뱀파이어 소년들도 움직일
이유가 하나 생겼다.

선샤인 시티 스쿨 주전들과 헤어진 뒤, 수하는 헬리와 단둘
이 남았다.

"그럼 전부 다 가는 거야?"

수하의 질문에 헬리가 고개를 끄덕였다.

"아무래도 규모로 봐선 인원이 많은 게 좋지."

"저번처럼 싸울까?"

"응. 어쩌면 더 심할 수도 있고."

그렇구나. 수하는 고개를 숙였다.

"음……. 잘 다녀와."

너는 또 떠나는구나. 어제 호숫가에서 잠시 공유했던 마음을 일시 정지 해두고 또다시 머나면, 그냥 잠깐 들를 수도 없는 곳으로 가버린다. 더욱 위험하고, 어쩌면 크게 다칠 수도 있는 곳으로 가버린다.

만난 지도 얼마 되지 않았는데 이게 이렇게 서운할 일인가.

"수하야."

서운해하지 말아야지. 헬리는 곧 돌아올 거다. 그렇게 믿고 그동안 그녀는 그녀가 할 일을 하면 되는 거다.

아니, 그런데 같이 가서 도와줄 수 있는 일도 있지 않을까? 그건 좀 철없는 생각인가? 그렇겠지. 그녀는 따라가 봤자 짐만될 거다.

"같이 가자."

"……어?"

수하는 고개를 번쩍 들었다. 그러곤 마주한 얼굴에서 그녀보다 더 심각하고 아쉬워하는 같은 색의 감정을 발견했다.

"무서울 거라는 거 아는데……. 그래도 같이 가자. 내가……
내가 꼭 무사히 돌아오게 해줄게. 그러니까 같이 가자."

"나도 같이 간다고?"

에스티발, 거기가 어딘데?

한참 찾은 후에나 나온 먼 도시다. 처음 들어보는 곳이고
외국이라 수하는 마냥 낯설기만 했다. 도움이 될지 안 될지 수
하 자신도 모르겠는데 헬리는 몹시 어두운 얼굴로 함께 가자
고 했다.

진심인가?

"진심이야?"

헬리는 고개를 끄덕이며 입가를 매만졌다.

"어제 칸에게서 전화를 받고 나서 밤새 계속 생각했어. 네
안전에 대한 일은 그전부터 계속 생각했고."

그게 너무 중요해서 잠도 이룰 수가 없었다.

"이번에 리버필드 시를 습격했던 놈들은 다시 찾아올 거야.
더 많은 숫자를 끌고, 더 잔인하게 우리를 찾으려 할 거야."

그리고 그들이 찾고 있는 '특별한 능력이 있는 여자'도 어떻
게든 잡으려 들겠지. 헬리는 수하가 그들의 눈에 띄는 건 시간

제일 거라고 생각했다.

"그래서 널 두고 갈 수가 없어. 아니, 두고 가기가 싫어."

그건 너무 싫다고, 헬리는 미간을 찌푸리며 강하게 말했다.

"네가 잘못되는 걸 몇 번이나 상상해. 그런데 그게 내가 모르는 곳에서 벌어지는 일이라면 견딜 수가 없을 것 같아. 그러니까 뭘 해도 내가 보는 곳에 있었으면 좋겠어."

차마 말은 못 하겠지만, 수하가 다쳐도 그가 보는 앞에서 다치는 게 차라리 나았다. 그러면 그가 돌봐줄 수라도 있고, 더 다치기 전에 지켜줄 수 있으니까.

"미안해. 이런 말, 갑작스럽다는 거 알아. 그런데 도저히 안 되겠어. 같이 가자. 같이 가서, 같이 돌아오자."

그렇게 못 견디겠다는 표정을 하며 괴롭게 말하는 헬리 앞에서 그 누가 고개를 흔들 수 있을까. 그런 사람은 마음이 아주 차갑게 얼어붙은 사람일 거다.

"나는……, 나는 종종 꿈을 꿔."

꿈이라는 단어에 수하의 심장이 세차게 뛰기 시작했다. 너무 빠르고 요란하게 뛰어서, 그녀의 귀까지 심장 고동이 타고 올라와 쿵쿵 내리치는 기분이었다.

"네가 불쾌할 만한 그런 꿈은 아니야. 언젠간 좀 더 자세히 말할 수 있었으면 좋겠어. 그러니까 내가 하고 싶은 말은……

아, 맙소사. 헬리는 괜히 얼굴이 뜨거워지는 기분이었다. 욕
만한 일을 보고 겪고 들었음에도 불구하고 그는 좋아하는 여
자애 앞에서 아무것도 못 하고 서툴게 이 말 저 말 더듬거리는
소년에 불과했다.

"내 욕심이지만, 네가 함께 가줬으면 좋겠어. 널 눈앞에서
지키고 싶어. 그러니까 함께 가주면 안 될까?"

수하는 그와 함께 갈 수밖에 없었다.
당장 다음 날, 리버필드 시에 피 한 방울도 없이 죽은 시신이
다섯 구나 새로 발견되었다는 기사가 나왔다.

〈DARK MOON: 달의 제단〉 2권 끝

DARK MOON 2

WITH **ENHYPEN**

2023년 12월 20일 초판 1쇄 발행

기획/제작 | HYBE
공동기획 | WEB TOON

발 행 인 | 정동훈
편 집 인 | 여영아
편집국장 | 최유성
편 집 | 양정희 김지용 김혜정 김서연
디 자 인 | DESIGN PLUS

발 행 처 | (주)학산문화사
등 록 | 1995년 7월 1일
등록번호 | 제3-632호
주 소 | 서울특별시 동작구 상도로 282 학산빌딩
편 집 부 | 02-828-8988, 8836
마 케 팅 | 02-828-8986

ISBN 979-11-411-2007-8 03810
ISBN 979-11-411-2005-4 (세트)

값 9,800원